JOKER MORTEL

RENEE ROSE

Traduction par
MIRIAM ABBAS
Traduction par
VALENTIN TRANSLATION

BURNING DESIRES

Copyright © 2021 by Renee Rose

Tous droits réservés. Cet exemplaire est destiné EXCLUSIVEMENT à l'acheteur d'origine de ce livre électronique. Aucune partie de ce livre électronique ne peut être reproduite, scannée ou distribuée sous quelque forme imprimée ou électronique que ce soit sans l'autorisation écrite préalable des auteures. Veuillez ne pas participer ni encourager le piratage de documents protégés par droits d'auteur en violation des droits des auteures. N'achetez que des éditions autorisées.

Publié aux États-Unis d'Amérique

Renee Rose Romance

Ce livre électronique est une œuvre de fiction. Bien que certaines références puissent être faites à des évènements historiques réels ou à des lieux existants, les noms, personnages, lieux et évènements sont le fruit de l'imagination des auteures ou sont utilisés de manière fictive, et toute ressemblance avec des personnes réelles, vivantes ou décédées, des établissements commerciaux, des évènements ou des lieux est purement fortuite.

Ce livre contient des descriptions de nombreuses pratiques sexuelles et BDSM, mais il s'agit d'une œuvre de fiction et elle ne devrait en aucun cas être utilisée comme un guide. Les auteures et l'éditeur ne sauraient être tenus pour responsables en cas de perte, dommage, blessure ou décès résultant de l'utilisation des informations contenues dans ce livre. En d'autres termes, ne faites pas ça chez vous, les amis !

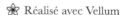 Réalisé avec Vellum

LIVRE GRATUIT DE RENEE ROSE

Abonnez-vous à la newsletter de Renee

Abonnez-vous à la newsletter de Renee pour recevoir livre gratuit, des scènes bonus gratuites et pour être averti·e de ses nouvelles parutions !

https://BookHip.com/QQAPBW

CHAPITRE UN

Junior

C'était censé être une rencontre civilisée après la tombée de la nuit au Caffè Milano.

Le problème, c'était qu'on n'était jamais sûr de rien quand on traitait avec la *mafiya* russe. Ces putains d'enfoirés sauvages et imprévisibles.

Ce jour-là, on se retrouvait pour parler territoire. Ils empiétaient sur notre quartier. Transportant de la drogue. Travaillant dans la prostitution avec des femmes que je soupçonnais d'être réduites en esclavage.

Je me fichais de ce qu'ils faisaient ailleurs, et Dieu sait que nous n'avions plus beaucoup d'affaires dans notre ancien quartier, mais je considérais comme une obligation familiale de le garder propre. De garder ces enfoirés de Russes à distance.

On se rencontrait à découvert, à une terrasse de café à Cicero. Nous l'appelions « le vieux quartier », un peu comme la génération de mon père qui l'habitude de faire référence au « Vieux Pays ».

Nous étions dans le domaine du prêt d'argent, comme toujours. C'était réglo, à moins que vous ne comptiez les tabassages qui arrivaient quand on ne payait pas à temps. Ces temps-ci, les affaires avaient pris une grande ampleur et nous vivions désormais dans des villas en banlieue. Ce qui ne signifiait pas que je ne me souciais plus de ce qui se passait sur mon territoire.

Je vis un des jeunes de la *bratva* assis à une table... Ivan, pensai-je. Vlad, leur leader, ne semblait pas être là.

Cazzo. Je n'aimais pas le chemin que ça prenait.

Mes frères, Gio et Paolo, et moi sortîmes de la Range Rover, avec nos soldats, Mario et Luca. Nous étions tous armés, même si nous n'en faisions pas étalage en portant des armes ouvertement.

— Où est Vlad ? demandai-je à Ivan.

Gio vint avec moi, les trois autres restèrent en retrait, comme prévu.

Ivan haussa les épaules, l'air de s'ennuyer.

— Il arrive.

La fille qui était au comptoir – une jeune fille de la génération Z ultra-décontractée en jean moulant et haut ajusté – s'approcha. Je la reconnus mais je ne connaissais pas son nom. C'était la petite-fille du propriétaire d'origine, Luigi Milano, l'ami de mon père.

— Monsieur Tacone.

Elle me salua mais son visage était tout sauf amical. En fait, ses lèvres étaient étirées en une ligne mince et un muscle tiquait dans sa mâchoire. Elle lança un coup d'œil au Russe puis le reporta sur moi comme si elle avait peur de nous avoir tous les deux dans son commerce en même temps.

J'avais donné le nom du Caffè Milano comme lieu de rencontre parce que je le considérais comme un territoire amical pour nous, mais je me demandais si, avec la nouvelle génération, les choses n'avaient pas changé. Peut-être qu'ils avaient passé des accords avec les Russes.

Cette idée aurait dû me mettre en rogne, mais cela ne produisit qu'un petit bourdonnement, à peine un intérêt.

— Puis-je vous apporter quelque chose ? Un expresso ? Des cannolis ?

— Casse-toi, lui répondit le Russe d'un ton sec.

Elle sursauta visiblement, et quand son regard revint vers moi, il était suppliant.

Bon sang.

Quoi que les Russes fassent ici, elle n'était pas d'accord.

Ce qui signifiait que j'avais toujours un problème.

— Un expresso, dis-je, cherchant à retrouver son nom.

Je me souvenais d'elle courant dans tous les sens quand elle était petite fille et que mon père utilisait le café comme lieu de rencontre. Marissa ? Faith ? Bon Dieu, je n'en avais aucune idée.

Elle resta là encore une seconde... bien trop longtemps pour une serveuse normale, et désormais j'étais sûr qu'il y avait un problème.

— Casse-toi.

Le Russe avait l'air dangereux.

Elle me lança un dernier coup d'œil et retourna à l'intérieur.

Le coude de Gio se pressa subtilement mais fermement contre mon bras. Il me disait aussi quelque chose. Je sentis Paolo se déplacer derrière nous.

Fanculo, cette affaire était en train de déraper. C'était un piège. Une embuscade.

Je lançai un coup d'œil à travers la grande baie vitrée. Tous les sièges près de la fenêtre étaient occupés. Inhabituel à cette heure de la nuit. Le Caffè Milano était plutôt un resto de jour. Il restait ouvert jusqu'au soir, mais les gens ne traînaient habituellement pas. Je remarquai que tous les clients avaient la tête baissée comme pour masquer leurs visages.

Ivan se leva et ma main se déplaça lentement vers le Walther PPK à l'arrière de ma taille.

— Allons à l'intérieur.

— Je ne crois pas, non, répondit Gio à ma place, dégainant son flingue.

Et d'un seul coup, tout explosa.

Des tirs résonnèrent de partout. Certains provenaient de l'intérieur du café, faisant voler le verre en éclats. Certains provenaient de nos gars, derrière moi. Gio et le Russe sur le trottoir se tirèrent dessus.

Je lançai la table à travers la baie vitrée, la faisant voler en éclats dans une explosion de force pour dégager la vue, puis visai et tirai sur Ivan, blessé, en même temps qu'il touchait Gio.

Gio grogna et tituba en arrière, se serrant le ventre.

Non. *Non !* Pas Gio. *Bon sang !*

Je voyais les choses au ralenti. J'attrapai le flingue de Gio dans sa main et le poussai vers Paolo et Mario.

— Emmenez-le à la voiture ! criai-je alors que je visais les têtes baissées sous la fenêtre.

Je pressai les gâchettes.

Un. Deux. Trois morts. Je tirai des deux mains comme si j'étais dans un fichu film.

Je défonçai la porte d'un coup de pied pour l'ouvrir et j'entrai. Quatre. Cinq d'éliminés. Je fis pivoter les flingues, cherchant du mouvement. Luca entra derrière moi, flingue dégainé, en retard pour le spectacle.

Quelque chose bougea derrière le comptoir et je fis pivoter mon Beretta. Luca visa aussi. C'était la fille du Caffè Milano.

Mince. Est-ce qu'on pouvait lui faire confiance pour ne pas moucharder ? Je gardai mon flingue bien en main pendant que je prenais ma décision.

— C'est un témoin, murmura Luca, comme si je ne le savais pas déjà.

Mais nous ne tuions pas les innocents. Mon esprit tournoya en pensant à la loyauté de sa famille, et si ce lien existait toujours.

Ses yeux se remplirent de larmes.

— Monsieur Tacone…

Merda. Je fourrai les deux flingues dans mes poches. Elle était loyale. Elle avait voulu m'avertir, j'en étais sûr.

— Non, pas de Tacone ici, lui dis-je fermement.

J'agitai une main pour désigner toute la pièce.

— Des Russes.

— C'est vrai, dit-elle, hochant la tête en tremblant. *Tous* des Russes.

Une fille intelligente.

— Donne-moi cinq minutes avant d'appeler le 911.

— Compris.

Elle frissonnait encore.

Je reculai vers la porte.

— Je me charge des dommages, dis-je en indiquant brusquement de la tête la baie vitrée et l'intérieur criblé de balles.

Ses joues étaient couvertes de larmes alors que nous filions et sautions dans la voiture dont le moteur tournait déjà.

Paolo démarra, roulant vite mais avec fluidité. Pas de pneus qui crissaient ni rien qui attire l'attention sur nous.

— Gio. Gio ? Parle-moi.

J'étais assis près de mon frère, pressant la main sur la sienne, qui tenait sa blessure.

— Je suis touché.

Gio était affalé sur le siège arrière, du sang imprégnant sa chemise et sa veste.

— Je sais. Tiens bon. Tu vas t'en sortir, tu m'entends ?

— Où on va, Junior ? cria Paolo depuis le siège avant.

— Chez moi. Puis vous trois, vous irez chercher Desiree Lopez.

— L'infirmière de maman ?

— C'est ça. Elle me doit un service. Elle travaille en traumatologie au Cook County. Si elle n'est pas au travail, elle vit sur la 22ᵉ à Humboldt Park. Trouvez-la et ramenez-la chez moi.

∽

Desiree

Je remarquai à peine ce qui m'entourait pendant que je marchais, clés à la main, vers ma vieille mais fonctionnelle Honda Civic de quatorze ans. Je ne vis pas la Range Rover noire et rutilante garée à quelques places.

Mes réflexes ne m'avertirent pas.

Peut-être qu'ils l'auraient fait si je ne venais pas de travailler pendant douze heures en traumatologie. Peut-être que je n'aurais pas avancé d'un pas lourd vers ma place de parking, écartant la proposition de l'agent de sécurité de m'accompagner à ma voiture.

Pas avant que deux grands gars en trench-coats n'en sortent et ne viennent droit vers moi.

Oh mon Dieu. Ça y est. Je vais me faire violer et tuer.

Je me figeai une seconde, le cœur battant, puis filai, fonçant pour sauter dans ma voiture avant qu'ils ne puissent me rejoindre.

— Arrête-toi ! cria l'un d'eux avant qu'ils ne bondissent

tous les deux, l'un bloquant ma portière conducteur, l'autre venant derrière moi. Desiree Lopez ?

Mon cerveau n'arrivait même pas à comprendre comment ils connaissaient mon nom. J'ouvris la bouche pour crier, mais il plaqua une main sur ma bouche.

— Silence.

Son ordre succinct sortit d'une voix basse et éraillée. Il sentait l'odeur de cigare. Il prit mon sac à main sur mon épaule, sortit mon portefeuille et regarda ma carte d'identité.

— Ouais, c'est elle.

L'adrénaline déferlait dans mes veines. Je savais ce qu'on disait. Si quelqu'un vous entraîne dans une voiture, vous n'allez pas en revenir vivante, alors battez-vous pour votre vie. Je donnai un coup de coude à mon kidnappeur, tournai la tête pour lui mordre la main.

Mais c'était inutile. Il marmonna un juron dans une autre langue et resserra sa prise. Projeter tout mon poids, me tortiller et me contorsionner dans tous les sens n'eut aucun impact sur lui. Il me souleva et me transporta.

Son pote s'approcha derrière nous et appuya un pistolet contre mes côtes.

— Arrête de lutter. Monte dans la voiture.

Ils me hissèrent, prise en sandwich entre les deux hommes, à l'arrière de la Range Rover. L'un d'eux me soulagea de mon sac à main alors que le véhicule partait.

On me mit un sac sur la tête et je me remis à me débattre, mais ils me contrôlèrent facilement, chacun me prenant un poignet pour me clouer les deux mains de part et d'autre de mes hanches.

— Ouais, on la tient, dit l'un d'eux.

Au début, je crus qu'il parlait au conducteur, énonçant l'évidence, mais je me rendis compte qu'il devait être au téléphone.

— On se retrouvera là-bas, ajouta-t-il.

— Q-que se passe-t-il ? bredouillai-je.

Personne ne me répondit.

L'appel téléphonique me fit réfléchir. Ils n'appelleraient pas quelqu'un pour dire qu'ils me tenaient si leur intention était de me violer et de me tuer, n'est-ce pas ?

Ils le feraient s'ils étaient des satanistes qui requièrent le sacrifice d'une vierge.

Pas que je sois vierge. Ni que ma théorie soit probable.

— Je ne sais pas ce que vous voulez, mais, s'il vous plaît... S'il vous plaît, laissez-moi partir.

Encore une fois, personne ne se donna la peine de répondre.

La Range Rover roulait vite... et à ses ralentissements trop brefs, j'aurais parié qu'ils grillaient les stops ou les feux rouges, me faisant percuter les hommes à côté de moi quand elle prenait un virage.

On roula suffisamment longtemps pour que je sois bien effrayée. Pour que je peine à respirer sous des sanglots silencieux. Mais pas de larmes. Je devais avoir trop peur pour me laisser aller.

Puis on s'arrêta. Le connard sur ma droite me traîna hors de la voiture, et je trébuchai, l'obscurité du sac sur ma tête me privait de mon sens de l'équilibre en même temps que de ma vision.

L'environnement était plus silencieux... pas une rue citadine, mais il y avait toujours un trottoir sous mes pieds.

— Qu'est-ce que vous fichez ? demanda une voix masculine en colère à voix basse, se rapprochant à chaque mot. Je vous ai dit de ne pas lui faire de mal.

— Elle n'est pas blessée, juste effrayée.

La voix près de moi était basse aussi. Nous devions être à un endroit où les gens nous entendraient s'ils levaient la voix. Un quartier résidentiel ?

— Lâche-la.

Le sac s'envola de ma tête.

J'ouvris la bouche pour crier, mais le son mourut sur mes lèvres quand je clignai des yeux devant le regard aiguisé et sombre au-dessus de la ligne virile et ombrée d'une mâchoire puissante appartenant à mon ancien employeur.

Junior Tacone.

Mince.

Mon cœur galopant ralentit, changea de direction, repartit.

— *Junior.*

Je l'appelai par le prénom que sa mère avait utilisé quand je travaillais chez elle, oubliant le « monsieur Tacone », oubliant de lui montrer du respect.

Puis, parce que j'avais en fait été attirée par cet homme la dernière fois que je l'avais vu – j'avais pensé qu'il avait peut-être un faible pour moi aussi – et que je venais d'avoir une peur bleue, je le giflai, fort.

Les hommes près de moi grondèrent et m'attrapèrent de nouveau les bras.

— Lâchez-la.

À la place, il m'attrapa les avant-bras, m'attirant contre lui. À travers son long manteau en laine, la fermeté de son grand corps se pressait contre moi. Son regard sombre était autoritaire. Intense.

— Je vais laisser passer ça, cette fois. Parce qu'ils t'ont fait peur.

Un frisson remonta le long de mon échine. *Il laissera passer ça.*

Cette fois.

Comme si, habituellement, il y avait des conséquences pour avoir giflé le chef de la mafia.

Bien sûr qu'il y en avait.

— Bon, viens à l'intérieur, j'ai besoin de ton aide.

Mes yeux suivirent le trottoir vers l'énorme maison illuminée par les lampadaires. Ce n'était pas la maison en briques victorienne de sa mère où j'avais travaillé pendant trois mois comme infirmière de soins à domicile après son opération de la hanche.

Ce devait être la sienne ?

J'essayai de retirer mon poignet de sa prise.

— Non. Vous ne pouvez pas simplement... simplement... me *kidnapper* et me dire de vous suivre parce que vous avez besoin de mon aide.

Il déplaça sa main et pencha la tête vers la maison.

— Allons-y.

Il ne se donna même pas la peine de répondre à ma protestation. Et je suppose que c'était parce que j'avais tout faux. Il *pouvait* simplement me kidnapper et exiger mon aide. Il était Junior Tacone, de la pègre de Chicago. Lui et ses hommes avaient des flingues. Ils pouvaient me faire faire ce que bon leur semblait.

Le soulagement qui s'était infiltré quand j'avais vu son beau visage reflua. Il se pouvait que je ne ressorte jamais d'ici. Parce que ce qui m'attendait dans cette maison n'allait pas être joli. Ou légal.

Quelqu'un était blessé et ils avaient besoin d'une infirmière. C'était ma meilleure hypothèse.

Et maintenant j'allais être témoin de ce qu'ils essayaient de cacher.

Est-ce qu'un des leurs était blessé ? Ou torturaient-ils quelqu'un ? Avaient-ils besoin que je le garde en vie pour obtenir quelque chose de sa part ?

Je n'avais pas d'autre choix que d'entrer. J'avais peut-être du cran, mais je n'étais pas prête à découvrir ce qui se passait quand on défiait le caïd de Chicago. Je lui emboîtai le pas, me dépêchant pour suivre ses longues foulées.

Il fit descendre sa prise de mon poignet à ma main. Sa large main réchauffa la mienne, glacée, et avait un côté protecteur, comme si nous avions un rendez-vous.

Comme si je n'étais pas sa prisonnière.

CHAPITRE DEUX

Junior

Je fonctionnais encore essentiellement en pilote automatique. Probablement sous le choc, à ma manière d'enfoiré dominant.

Malgré cela, je savais qu'attirer Desiree dans cette situation était mal.

Je brisais une de nos règles sacrées : *ne pas impliquer et ne pas corrompre les innocents.*

Mais elle était la première personne à laquelle j'avais pensé et la seule à qui je faisais entièrement confiance pour sauver Gio. Ouais, nous avions quelques liens avec des vétérinaires auxquels nous avions recouru par le passé, mais cela faisait des années. Ils devaient être octogénaires maintenant… des amis de mon grand-père. Je ne savais plus à qui nous pouvions faire confiance.

Et si Gio mourait, ce serait entièrement de ma faute. Je ne me le pardonnerais jamais. Je ne cessai de remettre en question mon choix de ne pas l'amener à l'hôpital, mais si je le faisais, les morts des Russes lui seraient mises sur le dos. Ou sur moi. *Bon Dieu !* ... sur nous.

C'était comme ça que mon père aurait géré ça. Nous avions déjà soigné des blessures par nos propres moyens avant. Simplement, pas pour la famille proche. Paolo, Luca et Mario nous suivirent.

J'attirai Desiree dans la maison, me dépêchant de monter les escaliers, lui tenant toujours la main.

Elle était hostile, traînant les pieds pour me montrer sa réticence, mais en dessous, je sentais sa peur.

Ce qui était pour le mieux. J'avais besoin qu'elle ait peur. Dans mon métier, la peur faisait partie intégrante du business.

Nous rejoignîmes le palier et je me tournai vers la chambre d'ami où Paolo m'avait aidé à porter Gio, qui s'était évanoui, le temps que nous arrivions.

— Oh mon Dieu !

Desiree vit Gio. Elle retira son manteau et le jeta sur le sol alors qu'elle traversait la pièce en courant.

Le soulagement me frappa pile entre les deux yeux. Les inquiétudes que j'avais eues de devoir la contraindre de seulement le regarder s'évaporèrent. Elle était déjà en mode infirmière, se concentrant sur son patient.

— C'est votre frère.

Elle l'avait rencontré, alors.

Ou peut-être qu'elle voyait simplement la ressemblance.

— Laissez-moi voir.

Elle retira la serviette de toilette ensanglantée de sa blessure.

— Blessure par balle, marmonna-t-elle. Aidez-moi à le rouler sur le côté pour chercher une plaie de sortie.

J'en avais déjà remarqué une, mais je l'aidai à voir par elle-même.

— Bien, c'est bien. Ça signifie que nous n'aurons pas à aller à la recherche d'une balle. Combien de sang a-t-il perdu ?

Je ne sais pas si elle s'attendait à ce que je lui donne une vraie estimation, mais tout ce que je pus faire fut de soulever la première serviette qu'on avait utilisée avant.

— Génial. C'est bon signe aussi. Il y aurait beaucoup plus de sang si elle avait touché quelque chose d'important.

J'avais déjà deviné ça, mais je ne perturbai pas son raisonnement.

— Dis-moi ce dont tu as besoin.

Je levai le menton vers Paolo, qui se tenait dans l'embrasure de la porte. Il sortit son téléphone, le pouce planant au-dessus du clavier.

— Une aiguille et du fil pour refermer les blessures. De la gaze pour les panser. De la solution saline. Des tonnes de solution saline… pour qu'elles restent propres. Je peux utiliser de l'Everclear[1] ou un autre alcool à la limite, mais je préférerais vraiment de la solution saline. Et je vais avoir besoin de seringues à perfusion… des 21G si vous pouvez en avoir. Et des poches et des tubes. Du sodium-potassium pour la perfusion. Et un antibiotique. Est-il allergique à la pénicilline ?

— Non.

Ma gorge se serra, une nouvelle bouffée de peur pour Gio m'envahissait.

— Alors de la pénicilline.

— Attends. Reviens en arrière. Je n'ai pas tout marqué, marmonna Paolo.

Elle lui répéta la liste.

— Et aussi, un antidouleur ou un décontractant musculaire serait bien, parce que ça va lui faire un mal de chien pendant un bon moment.

— Compris, dit Paolo.

Je me sentais rassuré sur ma décision d'impliquer Desiree à chaque minute qui passait. Son action rapide et énergique correspondait exactement à la manière dont elle avait convaincu ma mère, à qui il était impossible de plaire, quand elle avait travaillé pour elle. Elle était excellente dans ce qu'elle faisait.

Et tellement agréable à regarder aussi.

Même si je ne l'avais pas traînée ici pour ça.

Elle regarda de nouveau les serviettes ensanglantées.

— Je ne pense pas que nous aurons besoin d'une transfusion sanguine.

— Si nous en avons besoin, tu pourras prendre mon sang, dis-je rapidement.

Je me souvenais que nous avions déterminé nos groupes sanguins quand nous étions gamins et que nous les Tacone étions tous du même : O positif.

— Ou le mien, dit Paolo.

Il était presque aussi pâle que Gio.

— C'est tout pour les fournitures médicales ? demandai-je.

— Dans le coffre de ma voiture se trouve un kit de premiers secours. J'aimerais l'avoir aussi.

— Mets sa voiture quelque part en sûreté, dis-je à Paolo.

— Je m'en occupe, marmonna Paolo en partant.

Je ne savais pas où il allait trouver tout le matos dont elle avait besoin, mais je savais qu'il allait se débrouiller, tout comme il l'avait fait pour trouver et ramener Desiree. C'était la vie de notre frère qui était en jeu.

Desiree

— Giovanni, laissai-je échapper, me souvenant enfin du prénom du frère de Junior.

Je l'avais rencontré une fois chez sa mère.

Mon cœur battait fort depuis que je l'avais vu couché sur le lit avec une blessure par balle, tachant les draps. Je ne savais pas pourquoi je m'en souciais à ce point, mais ça semblait pire quand vous connaissiez le gars.

Et je ne le connaissais pas vraiment, mais je m'étais occupée de sa mère pendant presque trois mois et elle parlait de ses enfants tout le temps.

Ses paupières papillonnèrent et il se concentra sur moi et grogna.

— Ne bougez pas, l'avertis-je. Je sais que ça fait mal. Ne vous inquiétez pas. Nous allons nous occuper de vous, Giovanni.

— Gio, gronda Junior près de moi.

— Il se fait appeler Gio. Compris, dis-je en me redressant pour le regarder. Écoutez, je ne peux pas faire grand-chose avant que vous m'ayez trouvé le matériel. Je ne veux pas suturer la blessure avant de l'avoir nettoyée. Je pense qu'il restera relativement stable si nous l'empêchons de bouger.

Junior hocha la tête.

— Paolo s'occupe du matériel.

Et puisqu'il n'y avait rien à faire d'autre qu'attendre, je décidai de faire sentir mon mécontentement.

— Vous ne pouvez pas simplement me *kidnapper* dès que vous avez besoin d'une infirmière.

Le visage de Junior devint complètement impassible. Il ne dit rien.

Rien.

Comme s'il ne voulait même pas s'abaisser à me répondre.

Je lui frappai le torse.

— Sérieusement.

Il m'attrapa la main et la ramena vers son torse.

— Attention, poupée. J'ai dit que je laissais passer la dernière fois. Mais tu me frappes encore et il y aura des conséquences.

Un frisson remonta le long de mon échine, mais c'était plus de l'excitation que de la vraie peur. Je le savais, parce que ma petite culotte s'humidifia aussi. J'adorais que Junior parle de *conséquences* avec moi de sa profonde voix rocailleuse tout en maintenant ma main contre son torse alors qu'il se tenait à quelques centimètres de moi.

J'adorais ça, presque assez pour tenter ma chance et découvrir exactement quelles seraient ces conséquences, mais je n'étais pas stupide à ce point.

J'essayai de le repousser et de récupérer ma main mais il ne bougea pas et ma main resta collée là où elle était.

Il baissa la tête et me cloua d'un regard sombre.

— Tu prends soin de Gio, je prendrai soin de toi.

Maintenant, un petit soupçon de peur me traversa, même si je pensais que c'était une sorte de proposition, plutôt qu'une menace. J'entendais les sous-entendus de tous les accords mafieux de la télé dans ses mots, et ça me fit flipper.

— Je vais le recoudre et rester jusqu'à ce qu'il soit stable, mais c'est tout. Je travaille demain à midi à l'hôpital.

Il secoua la tête.

— Tu ne partiras pas d'ici avant qu'il aille mieux. Peu m'importe si ça prend un mois. Demain tu appelleras ton travail et tu leur diras que tu as attrapé la grippe.

Je le regardai bouche bée.

Mince. J'étais toujours prisonnière ici.

— Ma mère travaille dans le même hôpital… elle passera chez moi à la seconde où elle sortira du boulot.

Son masque impassible ne changea pas.

— Tu ferais bien de trouver quelque chose, alors.

Mon cœur se serra.

— Ou sinon quoi ?

Il pencha la tête, m'étudia un instant.

— Il y a une raison pour laquelle nous ne sommes pas à l'hôpital, *capiche* ?

Je hochai la tête.

— Alors réfléchis bien si tu veux que ta mère devienne un de mes détails à régler ou pas.

Tout mon corps se glaça.

C'était incontestablement une menace.

Une menace vraiment effrayante.

Et cela signifiait-il que j'allais être un de ses détails à régler aussi ? Quand je ne serais plus d'aucune utilité, se débarrasserait-il de moi pour que je ne parle pas ?

Oh mon Dieu, mon Dieu.

J'étais dans la mouise jusqu'au cou.

Mes genoux flanchèrent. J'aurais probablement trébuché en arrière s'il ne m'avait pas tenue par la main.

Il pinça mon menton entre son pouce et son index pour ramener mes yeux vers les siens.

— Tu resteras ici jusqu'à ce qu'il aille mieux. Pas de contact avec qui que ce soit à l'extérieur. Et quand tu partiras... tu auras assez d'argent pour t'acheter une voiture neuve.

Junior avait dû me ramener chez moi une fois de chez sa mère quand ma voiture était tombée en panne devant sa maison. Il savait l'âge qu'avait ma voiture.

— D'accord ? demanda-t-il.

Je le repoussai encore, des larmes me piquant les yeux. Cette fois il me lâcha.

— Non, je ne suis pas d'accord, répondis-je en clignant rapidement des yeux pour qu'il ne me voie pas pleurer.

Vous croyez que vous m'avez cernée juste parce que je conduis une caisse pourrie ? Vous pensez que vous pouvez me kidnapper, prendre le contrôle de ma vie et tout arranger avec une liasse de billets ?

Il était imprudent de ma part de me disputer avec lui. C'était stupide, vraiment. Je ne savais même pas si son offre de me payer était réelle, ou juste des mots pour s'assurer que je ferais le boulot. Je savais qu'il pouvait me forcer à le faire, de toute façon.

Mais je m'énervais et ne semblais pas pouvoir arrêter de le provoquer maintenant.

— Je pourrais perdre mon travail, vous savez. Je viens de commencer... je n'ai qu'un jour de congé de côté.

Les lèvres de Junior se fermèrent en une ligne mince et, pour la première fois, je me rendis compte à quel point il avait l'air impitoyable. Je m'étais toujours concentrée sur le côté beau, avant. Mais maintenant ? Maintenant je voyais le visage que d'autres devaient voir quand ils faisaient dans leurs pantalons et demandaient pardon à Dieu pour leurs péchés avant de mourir.

Parce que son expression était mortelle.

— Si tu perds ton travail, je te couvrirai, d'accord ? Maintenant arrête de me faire suer. Ton travail est ici pour l'instant, et je m'attends à ce que tu le fasses bien.

Je le foudroyai du regard, mais je n'osai plus ouvrir la bouche.

Il me fit pivoter, de nouveau face à Gio.

— Allons, poupée, ne rends pas ça difficile.

Sa voix perdit une partie de son ton incisif, remplacée par une note de cajolerie.

— Ce devait être toi, dit-il derrière mon dos.

Je résistai à l'envie de regarder par-dessus mon épaule pour lui demander d'élaborer.

— À la seconde où tu es entrée ici, tu as su quoi faire. Tu as pris la situation en main. Je ne confierais la vie de mon frère à personne d'autre.

Quelque chose de rigide se détendit dans ma poitrine.

— Je suis sûre qu'il y a plein d'autres personnes pour ça, marmonnai-je.

— Non.

Il se rapprocha. Il était juste derrière moi, même s'il ne me touchait pas.

— Ce devait être toi, répéta-t-il.

Ses mains se posèrent sur ma taille, y reposant légèrement.

Des picotements descendaient et remontaient le long de mon échine. Mes cuisses se tendirent et frissonnèrent.

— Je ferai en sorte que ça en vaille la peine, dit-il en penchant la tête vers la mienne, la bouche près de mon oreille. Je te le promets.

J'aurais juré qu'il y avait des insinuations dans cette promesse. Spontanément, un fantasme que j'avais eu quand je travaillais pour sa mère refit surface. Il me poussait sur la table de la cuisine, me prenant brutalement par-derrière pendant que je le suppliais d'être doux. Ce fantasme ne semblait pas trop loin de devenir réalité désormais et cela aurait dû me terrifier. Ou me rendre malade.

À la place, je sentis des battements d'ailes dans mon ventre et l'envie de le pousser vers ses maudites *conséquences* refit surface.

Heureusement, je n'étais pas idiote à ce point. Je repoussai cette envie, l'enfouis sous des couches de peur et de droiture et jurai de ne jamais, jamais laisser mon attirance pour cet homme réapparaître.

Il était dangereux.

Il ne méritait pas ce genre d'attention de ma part.

Je ne pouvais même pas envisager des idées pareilles.

---

1. Alcool de maïs, qui peut être acheté à 75,5° ou 95°.

CHAPITRE TROIS

Junior

— Tu as appelé Nico ? demanda Paolo à côté de moi alors que nous regardions Desiree s'occuper de Gio.

Il était 3 heures du matin, et elle avait déjà désinfecté, suturé et pansé les deux blessures.

— Non, répondis-je en me hérissant.

On aurait pu croire que c'était Nico qui dirigeait cette famille maintenant, à la manière dont tout le monde se tournait vers lui. Ouais, c'était lui qui avait fait gagner des centaines de millions de dollars aux Tacone. Il nous avait rendus réglos, nous avait éloignés des activités illégales rien qu'en exportant l'ancien business des paris dans un État où tout était légal.

Il n'avait rien eu à perdre, non plus. Il était le quatrième fils de Santo Tacone. Il s'était éclipsé sans que de grandes attentes planent au-dessus de la tête. Avec très peu de sang sur les mains. Il n'avait pas subi la pression d'imiter les manières brutales de mon père pour maintenir l'ordre à Chicago. Il n'avait pas eu à maintenir l'unité de la

Famiglia et de l'ancien quartier après que notre père était allé en prison.

— On devrait l'appeler.

— Pourquoi ? demandai-je d'un ton cassant.

Paolo secoua la tête.

— Et si c'était une grosse bourde ? *Madonna*, Junior, et si Gio mourait…

— Il ne va pas crever ! m'exclamai-je d'un ton cassant.

Desiree fit volte-face au même moment et foudroya Paolo du regard.

— Personne ne va mourir sous ma garde, dit-elle en appliquant de l'alcool sur l'avant-bras de Gio pour la perfusion. Si vous essayez de déprimer mon patient avec vos mauvaises ondes, vous devriez partir.

Cristo, j'adorais comme elle pétait le feu. Ça me faisait bander tellement fort quand elle levait son menton et me défiait directement. Étant donné que sa rébellion ne découlait pas de l'ignorance, j'aurais dit que cette fille avait des nerfs en acier. Si elle avait eu des couilles, bien sûr.

Paolo se renfrogna et m'attira dans le couloir, hors de portée de voix.

— O.K., je pige qu'elle sait ce qu'elle fait, mais c'est quoi ce bazar Junior ? T'y as sérieusement réfléchi ?

Je grinçai des dents et ne lui répondis pas.

— Dis-moi que tu ne pensais pas avec ta queue quand tu m'as demandé de la ramener ici.

J'empoignai sa chemise et plaquai Paolo contre le mur, ma peur pour Gio annihilant ma maigre patience habituelle.

— Ferme ta saleté de gueule. Elle est ici parce qu'elle est douée, c'est tout.

— D'accord, dit-il, respirant difficilement, se forçant probablement à maîtriser sa propre colère. Et qu'est-ce qui lui arrivera quand ce sera terminé, hein ? Tu vas te débarrasser d'elle ?

Je l'éloignai du mur et l'y plaquai de nouveau, parce que je n'aimais pas qu'il menace sa vie, même de manière vague et indirecte.

— Non, *stronzo*. Je vais l'acheter. L'argent ou la peur va la faire taire. Ou un mélange des deux. Je gérerai ça.

Paolo ne croisa pas vraiment mon regard, mais sa mâchoire eut un rictus maussade.

— Quelqu'un devrait appeler Nico.

Je le lâchai et écartai les mains, à la manière italienne.

— Fais-toi plaisir.

Je m'éloignai d'un pas raide, descendis à la cuisine. Je ne pouvais pas manger, mais je me versai quelques doigts de scotch que je descendis.

Je guettai la voix de Paolo au téléphone avec Nico, mais elle n'arriva pas. À la place, la porte d'entrée claqua.

Ma peau me piquait d'agacement, mais je me versai un autre doigt de scotch et l'avalai. J'envoyai un texto à Mario en lui disant que je voulais une société de vitrerie au Caffè Milano à la première heure. Je n'avais jamais eu l'intention de vandaliser ce commerce à cause des embrouilles de la Famille. Dès que je pourrais m'échapper, et après que les choses se seraient calmées, j'y passerais personnellement pour leur rembourser les dommages et m'assurer que personne d'autre là-bas n'allait moucharder.

Je ne sais pas combien de temps je restai là avec le verre vide à la main, mais finalement j'entendis des bruits de pas légers descendre les escaliers.

Desiree entra dans la cuisine. Son épuisement était visible car elle avait des poches sous les yeux, et un pli de lassitude autour de sa bouche.

Je sortis un autre verre, y versai cinq ou six centilitres de scotch et le lui tendis.

Elle le fixa un instant, puis le prit sans un mot et se l'envoya. Le frisson qu'elle eut quand il descendit confirma mes soupçons qu'elle n'était pas vraiment une grosse buveuse.

— Tu as faim ? demandai-je.

— Ouais, mais je ne pense pas que je vais manger, dit-elle en se tapotant les hanches. Ce n'est pas bon pour garder une silhouette de jeune fille de manger avant l'heure du coucher.

— On s'en fout. Tu as travaillé comme une folle aujourd'hui. Ton corps a besoin de carburant.

Je n'étais pas du genre à jouer les papas. Pas le moins du monde. Je ne savais même pas ce qui me faisait insister. Peut-être que j'étais simplement offensé par sa suggestion que son corps pulpeux ne soit pas la silhouette la plus parfaite jamais conçue.

Me dirigeant vers le réfrigérateur, je l'ouvris. Il était essentiellement rempli de plats à emporter et de plats préparés.

— Tu veux un sandwich ? demandai-je. Sinon, il y a une moitié de calzone là-dedans.

— Vous avez de la glace ?

Sa voix douce était juste derrière moi, ce que je remarquai avec un net plaisir.

J'ouvris le congélateur, heureux de savoir que oui. Je sortis un demi-litre de Ben & Jerry's au cookie au chocolat et à la menthe. Les sucreries n'étaient pas trop mon truc, mais je l'avais acheté l'autre jour sous une impulsion bizarre.

— Oh mon Dieu, c'est ma préférée.

Elle m'arracha littéralement le pot des mains et retira vivement le couvercle.

Mes lèvres se tordirent en un sourire inhabituel alors que j'ouvrais le tiroir à couverts et attrapais deux cuillères.

Je lui en tendis une.

— J'aime bien ton enthousiasme, poupée.

Elle plissa le nez, tenant le pot de glace tout contre sa poitrine alors qu'elle enfonçait la cuillère dedans. Elle s'affala sur une des chaises de la cuisine.

Je ne recevais pas de gens chez moi, et quand je le faisais, je m'assurais qu'ils ne se sentaient pas à l'aise. Alors cela n'aurait pas dû me plaire qu'il soit aussi facile pour elle de s'installer confortablement.

Mais encore une fois, c'était le même trait de caractère qui avait convaincu ma mère. Elle ne se déplaçait pas sur la pointe des pieds dans la maison et agissait sans rigidité ni et formalisme. Elle faisait la loi quand elle était là, menant ma mère à la baguette, tout en faisant un travail irréprochable.

Je m'assis sur la chaise à côté d'elle et essayai de mettre ma cuillère dans le pot de glace.

— Pas moyen.

Elle l'éloigna d'un coup sec, se tournant pour le protéger.

J'émis un petit rire.

— Une cuillère. Laisse-moi goûter.

Mes derniers mots planèrent dans l'air entre nous, prenant un sous-entendu érotique. Desiree rougit un peu quand elle me tendit le pot.

Je pris une cuillerée, savourai la riche sucrerie, puis posai ma cuillère.

Desiree s'attaquait au pot comme si on allait le lui retirer à tout instant et qu'elle devait en enfourner autant que possible avant que cela n'arrive. Je l'observais alors qu'elle émettait des « hum » et grognait de plaisir, et je commençais à bander. Chaque fois que ces lèvres pleines se moulaient autour de la cuillère, j'étais jaloux. Je me jurai d'acheter une fichue caisse de cette glace pour en avoir sous la main tout le temps qu'elle serait ici.

Elle ne s'arrêta pas avant que sa cuillère n'ait gratté le fond puis elle rougit de nouveau.

— Punaise. C'est pour ça qu'on ne devrait pas m'autoriser à manger avant de dormir.

— Tu l'as mérité.

Ma voix semblait rouillée, ce qui paraissait approprié, puisque ce n'était pas mon genre de lancer des compliments. Jamais.

Elle rougit davantage, l'air clairement coupable.

— J'ai tendance à manger quand je stresse.

Elle posa le pot en carton, dans lequel il restait une grosse cuillerée.

— J'ai apprécié le spectacle.

Je n'avais pas l'intention de le dire, mais c'était la vérité. La regarder dévorer la glace avait été mignon. J'avais savouré son enthousiasme et son plaisir évident à dévorer le dessert.

Peut-être que dans ma tête je pensais que l'hédonisme qu'elle avait affiché avec la glace se transférait dans la chambre.

Non pas que j'allais la baiser.

Je ne la baiserai *absolument pas*.

C'était déjà bien assez grave que je l'aie entraînée dans ce guêpier. Je n'avais pas besoin de la salir davantage avec *moi*.

La Madonna savait que je détruisais tout ce dont je m'approchais.

Je pris la dernière bouchée avec sa cuillère et la lui tendis. C'était étrangement intime et dès que je l'eus fait, je me rendis compte que c'était trop.

— Non.

Elle secoua la tête et détourna le visage.

— Tu es sûre ? Très bien.

Je pris la bouchée à sa place et son regard suivit mes lèvres, comme si elle appréciait de me regarder manger autant que j'avais adoré la regarder.

Elle se leva, passa les paumes sur son pyjama médical comme si elles étaient en sueur.

— Donc... Je passe la nuit ici, hein ?

C'était vrai. Elle n'était pas une invitée, elle était prisonnière. Je devais m'assurer qu'elle le comprenait.

Je me levai aussi.

— Tu resteras dans la chambre de Gio, dis-je. Comme ça, s'il a besoin de toi, tu l'entendras.

Elle haussa brusquement les sourcils et je voyais qu'elle n'aimait pas ça, mais elle ne dit rien. J'aurais pu la mettre dans une des chambres d'amis, mais je ne me faisais pas confiance. Dieu sait que je voulais mettre les mains sur toutes ses courbes impertinentes. Je voulais découvrir quel était son goût. Comment c'était de la pilonner et de la faire hurler.

Mais rien de tout ça n'allait arriver.

Alors, qu'elle reste dans la chambre de Gio était vraiment le meilleur plan.

Nous montâmes les marches vers le palier.

— Vous avez une brosse à dents que je peux utiliser ?

Cristo. C'était comme passer la nuit après un coup d'un soir mais sans le sexe. Ce n'était pas quelque chose que je faisais..., c'est-à-dire passer la nuit.

— Euh, ouais, je pense.

Je me dirigeai dans ma salle de bains voisine et sortis une tête de brosse à dents non ouverte pour ma brosse sonique. Je la lui tendis avec le dentifrice et lui désignai la salle de bains d'invités.

— Merci. Je reviens tout de suite avec ça.

Elle disparut dans la salle de bains, je fermai les yeux et m'appuyai contre le mur.

Peut-être que Paolo avait eu raison.

Peut-être que j'avais pensé avec ma queue quand je leur avais dit de l'amener ici.

Peut-être que ma queue était une saleté opportuniste qui se fichait bien de qui je détruisais.

∽

Desiree

Je dormis peut-être trois heures, ce qui n'était pas une surprise. J'avais mis de la codéine dans la perfusion de Gio, mais il se réveillait quand même toutes les trente minutes en grognant.

Et même si j'étais morte de fatigue, j'étais trop excitée d'être la prisonnière de Junior Tacone pour pouvoir me reposer. Je me levai quand le réveil afficha 6 heures 34 et me glissai dans la salle de bains pour aller faire pipi.

Gio dormait, et un coup d'œil par la porte entrouverte de Junior m'apprit que lui aussi.

C'était ma chance de partir. Je devais la saisir. Parce que même si Junior m'avait promis un gros dédommagement pour rester, je n'étais pas sûre que sa parole vaille quelque chose. Il m'avait peut-être simplement dit ça pour s'assurer que je ferais du bon boulot. Et quand Gio n'aurait plus besoin de moi, je finirais dans le lac Michigan avec les pieds coulés dans le ciment.

Je n'avais pas raté la menace qu'il avait suggérée si je le disais à ma mère. Il devrait se débarrasser d'elle. Alors pourquoi voudrait-il me garder dans le coin ?

Il ne le voudrait pas.

Non, je ne pouvais pas laisser mon attirance pour les

hommes dangereux me mettre en danger. Si j'avais une chance de fuir, ce serait maintenant.

Gio tressaillit dans son sommeil et gémit.

Merde. Peut-être que je devais attendre que son état se soit stabilisé. Que feraient-ils sans moi ?

Non, on s'en fichait.

Ce n'était pas mon problème.

Je ne m'étais pas portée volontaire pour ce travail. Ils devaient se débrouiller tout seuls.

J'enfilai mes chaussures et mon manteau et partis à la recherche de mon sac à main, qu'ils m'avaient pris quand ils m'avaient attrapée à l'hôpital.

Je cherchai en bas, vérifiai les placards. J'entrai même dans la chambre de Junior et fis une recherche sommaire. Quand il renifla et se retourna, je filai hors de la pièce.

Au diable mon sac à main. Ma vie ne valait pas la peine que je la risque pour les trucs qu'il y avait dedans.

Je retournai en bas et entrouvris la porte d'entrée. Je m'arrêtai devant la morsure du vent glacial puis fixai les ténèbres grisâtres.

Putain. Devais-je partir ?

Si je le faisais, quoi ensuite ? Aller voir les flics ?

Peut-être que j'étais cinglée, mais je n'avais aucun désir de balancer Junior ou Gio aux autorités, même s'ils étaient sûrement impliqués dans quelque chose de très illégal. Probablement mortel.

Mais si je n'allais pas voir les flics, qu'est-ce qui empêcherait Junior de me trouver de nouveau dans la rue et de me ramener ici ? Et puis j'étais sûre que je perdrais l'argent qu'il m'avait promis, dont j'avais désespérément besoin.

Pour ajouter à mon dilemme, si je prenais la porte, je ne savais même pas où aller. Je n'avais pas de voiture ni de téléphone. Il gelait dehors, et qui savait à quelle distance nous étions des transports en commun. Le voisinage avait l'air chic... comme Oak Park ou un autre voisinage qui porte le nom d'un arbre[1].

— *Ferme la porte.*

Je sursautai et hoquetai à la voix en colère de Junior descendant les escaliers. Je me figeai, incapable de me forcer à me ruer dehors, ou à lui obéir et à refermer. L'indécision qui m'avait retenue ici pendant les dernières quatre-vingts secondes me paralysait toujours.

— J'ai dit, *ferme la porte.*

Il donna un coup sur la porte, la faisant claquer.

Je ne bougeai toujours pas. Je ne me tournai pas pour le regarder. Je n'essayai pas de fuir. Je suppose que c'est ça qu'on appelle « être pétrifié ».

Tacone saisit la manche de mon manteau et me l'enleva, le balançant sur le sol.

— Où crois-tu aller, bon sang ?

Oh mince. Il avait la voix colérique la plus redoutable que j'avais jamais entendue. J'étais surprise de ne pas m'être fait dessus.

Je ne me retournais toujours pas... je me tenais simplement face à la porte comme si, d'une manière ou d'une autre, j'étais en sécurité tant que je ne le voyais pas.

Sa main s'écrasa sur mes fesses.

Je lâchai un cri de surprise, mais honnêtement, la fessée était bienvenue.

Ce n'était pas un flingue. Ni un cordon autour de mon cou. Ce n'était même pas le dos de sa main. C'était une tape. Sur les fesses. Simple et sexuelle.

Il me frappa encore, fort.

Je levai les mains vers la porte pour m'y appuyer, écartai les doigts, présentai mes fesses.

J'entendis Junior pousser brusquement un râle. Il grogna et leva les mains pour capturer les miennes, plaçant un de mes poignets sur l'autre et les clouant au-dessus de ma tête alors qu'il faisait pleuvoir des tapes cinglantes partout sur mon fessier et à l'arrière de mes cuisses.

Mon cœur martelait contre ma poitrine. Ça faisait mal et j'étais toujours effrayée, mais j'étais de plus en plus excitée à chaque seconde qui passait.

C'était comme une scène sortie de mes fantasmes. D'accord, elles n'avaient jamais comporté de fessées, mais elles impliquaient totalement Junior qui me dominait. Me poussant en avant sur le canapé et me forçant à coucher avec lui, ou me mettant à genoux pour me faire sucer sa queue.

Être la destinataire d'une fessée de sa part relevait absolument de la même catégorie.

Il s'arrêta de me fesser, et je sentis son souffle près de mon oreille. Nous haletions tous les deux comme si nous avions fait un tour du quartier. Il n'avait pas lâché mes poignets et j'adorais cette sensation d'avoir été capturée par Junior. Mon corps y réagit avant que je ne puisse m'en empêcher. Je projetai la tête en arrière, poussant mes fesses contre son corps.

À ma grande déception, il me relâcha et recula.

— Monte dans ma chambre.

Mademoiselle Esbroufe fit parfaitement son apparition. Je fis volte-face et posai les mains sur mes hanches.

— Pourquoi ?

Il avait les yeux mi-clos. Il se tenait là, avec un débardeur blanc et un boxer, ce qui ne semblait pas le rendre le moins du monde vulnérable. Non, vu la manière dont il les remplissait – les muscles de son torse et de ses épaules étirant son tee-shirt en coton, sa verge distendant son boxer –, il était aussi imposant qu'il l'était en costume.

— Je n'ai pas fini de te punir.

Il indiqua les escaliers d'un coup sec du menton, répétant son ordre silencieusement.

Mon intimité se contracta, mais je ne semblais pas pouvoir changer de comportement.

— Qu'est-ce que cette punition implique ?

Il se déplaça plus rapidement que je ne l'aurais cru possible pour un gars aussi baraqué. Une seconde, je me tenais là, lui faisant face, la suivante, j'étais sur son épaule, portée rapidement à l'étage. Sa main tomba sur mon fessier. Je donnai des coups de pied et me tortillai parce que résister faisait partie de mon fantasme.

Il me porta dans sa chambre, ferma la porte du pied, puis me lança au milieu du lit.

J'étais à bout de souffle, surtout excitée, un peu effrayée. Jusque-là il ne m'avait pas fait mal, même si on comptait la fessée, ce qui n'était pas mon cas. Ouais, ça piquait encore, mais je me souvenais des fessées que j'avais reçues quand j'étais gamine et cela disparaîtrait en moins d'une demi-heure.

Je le regardai, fascinée, retirer mes chaussures, puis tirer d'un coup sec mon bas de pyjama médical sur mes hanches et l'enlever.

Je bougeai automatiquement pour retirer mon haut et le lançai sur le sol avec le reste de mes affaires. Il était possible que j'aie l'air un peu trop impatiente. Je n'avais pas couché avec un homme depuis plus de trois ans. Je remerciais simplement Dieu de porter un soutien-gorge et une petite culotte assortis : un ensemble en dentelle de soie rouge, superbe contre ma peau caramel.

— *Cristo*, marmonna-t-il, les yeux noirs, les narines dilatées.

Il fixait mon corps avec appétit.

— Tu portes toujours ces petits ensembles sexy en dentelle sous ton pyjama médical ? demanda-t-il en grimpant au-dessus de moi, me poussant sur le dos et clouant mes poignets au-dessus de ma tête. C'est une bonne chose que je ne l'aie pas su quand tu travaillais chez ma mère.

Il s'agenouilla de chaque côté de mes hanches, les lignes sauvages de son visage au-dessus du mien.

— Maintenant écoute attentivement, fillette. Tu as une chance de dire non si tu ne veux pas que ta punition implique que je fourre ma queue dans un de tes orifices super sexy.

Ses paroles me choquèrent et mon corps tressaillit sous le sien, mais ce n'était pas de la peur. C'était sous l'effet du désir.

Malgré tout, j'étais une battante. Je devais toujours montrer de la résistance. Je m'humectai les lèvres.

— Quelle sera ma punition si je dis non ?

Il recula légèrement et je regrettai presque d'avoir posé la question.

— Je range ma queue, je te fesse encore un peu et je te renvoie dans la chambre de Gio pour faire ce qu'on te dit.

Faire ce qu'on me dit. J'étais sûre qu'à un certain niveau, cela m'offensait. Cela ne traversait simplement pas mon cerveau en cet instant.

— Et si je dis oui ?

Un éclair diabolique illumina ses yeux.

— Je vais finir par te pilonner jusqu'à ce que tu regrettes sérieusement. *Et ensuite* je te donnerai une fessée et te renverrai dans la chambre de Gio pour faire ce qu'on te dit.

Je me tortillai sur le lit, faisant rouler mes hanches sous les siennes, mon clitoris réclamait désespérément un attouchement. Tout mon corps vibrait d'excitation. Trempé de désir.

— Je vais prendre la deuxième option.

Je reconnus à peine ma voix voilée.

Ses yeux étincelèrent de ce qui ressemblait à de la satisfaction.

— Ouais ?

— Est-ce que je peux choisir quel orifice ?

Ses lèvres s'incurvèrent en un sourire mauvais.

— Oh non, bébé, répondit-il en me retournant sur le ventre. C'est une punition. Ça signifie que c'est moi qui décide.

Encore une fois, mon désir monta en flèche. C'était exactement ce que j'avais voulu. Le combustible de tous mes fantasmes.

Il dégrafa mon soutien-gorge et me le retira, puis me tira les poignets derrière le dos et les attacha avec. Ma petite culotte disparut ensuite, et il releva mes hanches jusqu'à ce que je repose sur mes genoux, le visage et les épaules toujours enfoncés contre le couvre-lit. Il passa une main sur mes fesses.

— L'empreinte de mes mains te va très bien.

Il me frappa, puis me frictionna la peau. Ses doigts plongèrent entre mes jambes et il émit un grondement de satisfaction à ce qu'il y trouva.

— Maintenant dis-moi, bébé, dit-il en dessinant des cercles autour de mon clitoris. Qu'est-ce qui t'a fait autant mouiller ? Ta fessée ? Ou de savoir que tu es sur le point d'être baisée ?

Il frappa mon intimité.

— Ou est-ce le fait d'être attachée et à ma merci ? continua-t-il.

Je ne répondis pas. En fait, je n'étais pas sûre d'être capable de parler. Et puis, cela semblait être une question rhétorique.

Cela me valut un déluge de coups durs.

— Je t'ai posé une question, poupée.

— Ooh-oh, gémis-je alors qu'il recommençait à agacer mon clitoris.

Il était plus brusque cette fois et je commençais déjà à m'approcher de l'orgasme, seulement grâce à quelques coups et frottements.

— Humm ?

Il me frappa cinq fois exactement au même endroit, je poussai un cri perçant et tressaillis.

— Tout, marmonnai-je dans les draps.

— Tout, réfléchit-il. Testons ça.

Il commença à me fesser, fort et vite. Juste une fessée. Pas de friction. Pas de caresses. Cela devint intense et je commençai à me tordre et à geindre un peu.

Il me frappa entre les jambes.

Je criai.

Il frotta ma vulve.

— Humm. Ouais. La fessée te fait bien mouiller, n'est-ce pas, poupée ?

Il frappa de nouveau mon intimité.

C'était tellement bon... même si ça me surprenait. Même si ça piquait et envoyait des frissons nerveux dans mon ventre. J'en voulais plus. J'en réclamais encore.

J'écartai plus largement les genoux, me mis en position, m'offrant à lui.

Il jura en italien et me fessa légèrement et rapidement entre les jambes. *Paf-paf-paf-paf.*

Je criai.

Il pinça mon clitoris.

— Ne jouis pas, bébé. C'est une punition, tu te souviens ?

La meilleure punition du monde.

J'étais déjà à mi-chemin de l'orgasme. Peut-être même plus près. Mon corps était enfiévré, affolé.

Junior agrippa mes cuisses et écarta mes fesses, me léchant du clitoris à l'anus.

Je criai à cette sensation. Au tabou de me faire lécher

l'anus.

Junior émit un petit rire à ma réaction.

— Je devrais baiser ton cul, n'est-ce pas ?

Il appuya la langue contre l'anneau étroit de muscles, massant mon orifice. Je me tendis contre l'intrusion, fermant les yeux.

— Je pense que ta désobéissance mérite une bonne baise par le cul.

Je secouai la tête, frottant mon visage contre le couvre-lit.

— Non, s'il te plaît.

Je ne savais pas si je me damnais davantage en lui faisant savoir que je ne voulais pas, mais j'étais complètement vierge de l'anus. Et je mourais d'envie de le sentir entre mes jambes.

— Ma chatte. S'il te plaît. Je n'ai pas eu de relation sexuelle depuis si longtemps.

Je savais que c'était pathétique, et ça blessait ma fierté de l'admettre, mais peut-être qu'il me prendrait en pitié et me donnerait ce dont j'avais besoin.

— Vraiment ? fit Junior en arrachant le nœud autour de mes poignets et en me retournant sur le dos. Tu as besoin de ma queue dedans ?

Il plongea son pouce dans mon intimité, frottant mon clitoris avec sa paume.

Je m'arquai, tendant mes mamelons durcis vers le plafond.

— Oui. S'il te plaît, Junior.

Faisant toujours des va-et-vient avec son pouce, son autre main agrippa sa verge et la sortit de son boxer.

Je me relevais sur les coudes pour mieux voir.

Son sourire était féroce.

— Bon sang, tu es tellement magnifique, poupée.

Magnifique.

Hum.

Je ne m'étais pas sentie magnifique depuis longtemps. J'avais ces neuf kilos en trop que je n'arrivais jamais à perdre, et j'étais toujours débordée par le stress et l'inquiétude de retrouver Jasper. Mais Junior ne semblait pas être le genre de gars qui disait des trucs juste pour être gentil. Et à son regard, je pensai vraiment qu'il était sérieux.

— Tu as un préservatif ?

J'étais surprise de sembler aussi timide. Ce n'était pas du tout mon genre.

Sa réponse fut douce, son regard indulgent.

— Ouais, dit-il, continuant à caresser sa verge et moi en même temps. Je vais en trouver un.

Il enleva son pouce comme si ça le tuait et alla à pas de loup dans la salle de bains attenante. Il revint avec une *poignée* de préservatifs. Je supposai qu'il avait vraiment l'intention de me pilonner jusqu'à ce que je regrette sérieusement.

Il les lança sur le lit et en ouvrit un avec les dents. Je l'observai, fascinée, passer son haut par-dessus sa tête. Il était tout en carrure : son torse était velu et un tatouage couvrait son pectoral et son épaule droits. Il retira son boxer aussi, et déroula le préservatif sur son impressionnante virilité.

— Écarte bien les jambes, bébé. Écarte-les largement et tiens-les.

J'écartai les jambes, les pieds pointés vers le plafond.

— C'est ça, dit-il en alignant le gland de sa verge gainée devant ma fente. Tu te tiens dans cette position jusqu'à ce que je te dise d'arrêter. *Capiche* ?

Je me creusai la cervelle pour me souvenir de la bonne réponse.

— *Capito !* laissai-je échapper.

Ses yeux s'illuminèrent et l'ombre d'un sourire apparut

sur son visage.

Il récupéra mes poignets et les cloua de nouveau au-dessus de ma tête, puis s'enfonça en moi.

Je grognai sous la sensation alors qu'il s'introduisait à l'intérieur, me remplissait. Cela faisait bien trop longtemps que je n'avais pas eu de relation sexuelle, et je ne me souvenais pas que c'était aussi bon. Je balançai les hanches pour aller à la rencontre de ses coups de reins, gardant soigneusement mes membres écartés. C'était un peu ridicule et j'avais l'impression d'être une sorte de poupée sexuelle, mais c'était exactement ce qui fonctionnait avec moi. J'adorais cette soumission, la suggestion que ce pourrait être brutal, plutôt qu'agréable pour moi.

Je commençai à produire toutes sortes de sons. Je n'avais jamais compris comment les gens pouvaient avoir des relations sexuelles et ne pas crier à pleins poumons. Je ne pouvais pas empêcher tous les bruits qui sortaient de ma gorge : les cris, les gémissements, les mots inintelligibles. Je suppliai, implorai, amadouai. Je montrai mon plaisir par chaque son sincère.

— *Fanculo*, marmonna Junior en me pilonnant plus fort.

La sueur perlait à la racine de ses cheveux. Fidèle à sa promesse, il me baisa fort. À chaque coup de reins, il s'enfonçait plus profondément. S'il n'avait pas continué à me ramener en arrière, ma tête aurait percuté la tête de lit.

Sa main apparut et me frappa le sein droit.

Je criai de surprise, offensée, mais il le serra, se pencha et passa la langue sur mon mamelon, me chevauchant pendant tout ce temps comme si nous étions dans une course de chevaux.

— Junior, soufflai-je.

L'effort de se retenir était visible sur son visage, mais il réussit tout de même à hausser un sourcil.

— Tu regrettes sérieusement ?

Je laissai échapper un rire hystérique.

— Je regrette vraiment. Je regrette tellement. S'il te plaît, Junior.

Au lieu de nous mener au bout de la course, il se retira.

— Non ! protestai-je.

Il me fit rouler sur le ventre.

— Écarte les jambes, bébé.

Je m'exécutai. Il agrippa ma nuque, comme s'il me maintenait, et me pénétra par-derrière.

C'était tellement bon, j'aurais juré que j'avais failli m'évanouir. Chaque mouvement m'envoyait au paradis.

Je tournai le visage pour éviter de suffoquer dans les draps, et il me prit brutalement par-derrière, son aine percutant mes fesses, alors qu'il me pénétrait tellement profondément.

— Junior !

— Putain, ouais, bébé. Jouis sur ma queue maintenant. Serre-moi bien fort, poupée.

Je resserrai les muscles autour de sa verge et il cria quelque chose en italien. Il s'enfonça avec assez de force pour que le lit tape contre le mur une fois, deux fois, trois fois. Lors de la quatrième, Junior resta au fond de moi et jouit.

Mes muscles internes papillonnèrent autour de sa verge, se resserrant et se détendant alors que je jouissais aussi. J'étais étourdie. J'étais perdue.

Puis, pour une raison inconnue, je me mis à pleurer.

~

Junior

Bon sang.

Le magnifique dos de Desiree tremblait sous les sanglots et je faillis perdre la boule. Je la retournais vers moi, faisant de mon mieux pour que mes mains soient douces alors que l'urgence me donnait envie de tirer brusquement et de tout déchirer.

— Desiree. Bébé. Putain.

Je la pris dans mes bras alors qu'elle essayait de cacher son visage dans ses mains.

Merda.

— Je ne voulais pas te briser, poupée. Vraiment pas.

C'était exactement ce que j'avais essayé de ne pas faire. C'était pour ça que je m'étais enflammé et que je l'avais baisée au lieu de me montrer glacial et de lui ficher une trouille bleue avec des menaces ou par la force.

Qu'est-ce que je disais ? Je n'avais même pas eu l'intention de la baiser. Je n'avais pas su quoi faire… tout ce que je savais, c'était que les saletés habituelles que je balançais aux gens quand je menaçais les vies des personnes qu'ils aimaient n'avaient pas voulu sortir. Alors je lui avais donné la fessée.

Puis elle avait écarté les paumes sur la porte et reculé les hanches comme si ça lui plaisait, et j'étais fichu.

Mais j'avais dû mal interpréter ses signaux.

Quelque chose s'était terriblement mal passé parce que, maintenant, elle hoquetait et épongeait des larmes comme si elle ne pouvait pas s'arrêter.

Elle peina à se redresser.

— C'est bon. Ça va.

Elle essuya ses larmes avec deux doigts.

— Je ne sais même pas pourquoi j'ai pleuré. Juste de soulagement, tu sais ? Je suis surmenée, et ça a été stressant et… dit-elle en agitant la main, un sourire triste sur ses lèvres pleines, tout est sorti. Je suis désolée, c'est tellement gênant.

— Gênant ? Rien à faire.

Je ne voulais pas la lâcher, même si elle luttait pour sa dignité. À la place, je la rapprochai pour qu'elle enfourche mes cuisses, la tenant étroitement contre mon torse.

— Tu vas vraiment bien ?

Je caressai son dos nu de haut en bas.

Elle poussa un rire humide.

— Oui. Peut-on oublier que c'est arrivé ?

— Arrête, ordonnai-je. Je m'en fiche, si tu pleures toutes les larmes de ton corps chaque fois que tu jouis. Bon sang, je m'en fiche si tu vomis. Du moment que je sais que c'était bon pour toi.

Elle se mit à rire contre mon cou, y cachant toujours son visage.

— C'était bon.

— Trop brusque ?

J'étais encore sous le choc d'avoir pensé que je l'avais blessée ou effrayée.

— Non.

Ses lèvres bougèrent contre mon cou. M'embrassait-elle ?

— Ça m'a plu, ajouta-t-elle.

Je continuai à la serrer fort, en partie parce que j'adorais sentir autant de peau douce contre la mienne. Mais également parce que je pensais qu'elle avait besoin d'être serrée même si elle essayait de se reprendre et de prétendre qu'il ne s'était rien passé. Et je n'ignorais pas que j'avais causé le stress qu'elle avait dû relâcher par ses larmes.

— J'avais ce fantasme…

Je l'entendis parler d'une toute petite voix. Comme si elle me confiait un secret, ici dans le noir.

— Quand je travaillais pour ta mère. Je m'imaginais que tu me forçais à avoir une relation sexuelle.

Curieusement, je réussis à ne pas me raidir. Elle parlait

d'un *fantasme*. Ça ne voulait pas dire qu'elle croyait que je forcerais vraiment une femme à coucher avec moi.

— Un peu de violence dans la chambre t'enflamme, poupée ?

Elle posa le menton sur mon épaule. Ses seins nus se pressèrent contre mon torse.

— Je ne sais pas. Ouais, je suppose. Enfin, juste un fantasme, hein ? Bien sûr, je ne voudrais jamais qu'on me force dans la vraie vie. Et un gars qui ferait ça...

— Ouais, ouais, l'interrompis-je.

Je préférais m'en tenir à ses fantasmes au lieu de discuter de viol. J'attirai ses hanches contre les miennes. Son sexe était encore humide de ses fluides et elle se frotta sur ma verge, me faisant à demi bander.

Ses lèvres retrouvèrent le creux de mon cou. Cette fois j'étais sûr que c'était un baiser, un suçon ou je ne sais quoi.

— Je n'arrive même pas à croire que je t'en ai parlé. C'est juste que tu viens en quelque sorte que le faire entièrement devenir réalité. D'une bonne manière, se hâta-t-elle d'ajouter. Je ne veux pas dire que je me suis vraiment sentie forcée.

Ma verge s'allongea.

— Eh bien... commençai-je en continuant à lui caresser le dos, prenant sa fesse dans ma paume pour l'attiser. Je serai content de réaliser ce fantasme avec toi encore et encore.

Je serrai brusquement ses deux fesses, la soulevant et l'abaissant lentement sur ma verge.

— Disons juste que pendant que tu seras dans cette maison, tu pourrais être soumise à une baise forcée quand j'en aurai envie.

Sa respiration se bloqua et elle s'immobilisa, comme si elle y réfléchissait.

— Nous aurons besoin d'une sorte de signal, je

suppose, suggérai-je. Pour que je sache si tu n'en as vraiment *pas* envie.

— Tu veux dire comme un mot de sécurité ?

Elle avait de nouveau une petite voix, et ça me tuait un peu de l'entendre comme ça, parce qu'elle était habituellement si pleine d'assurance.

— Un mot de sécurité. C'est ça. Je pense.

Je connaissais que dalle au BDSM, mais un mot de sécurité tombait sous le sens.

— Et si je disais… « beurre de cacahuète » si je veux que ça s'arrête ?

Je souris.

— « Beurre de cacahuète ». Compris. Tu vas t'en souvenir, poupée ? Si je te tiens clouée et que tu es nerveuse ?

— Je m'en souviendrai. Et toi ? demanda-t-elle, son attitude impertinente revenant.

— Ouais. Est-ce que tu viens d'accepter d'être ma chatte à la demande pour le reste de ton séjour ici ?

Elle me mordit l'épaule, suffisamment fort pour laisser une marque.

— Non. Tu viens d'accepter d'être mon gigolo.

J'émis un petit rire, caressant sa peau douce. Je ne savais plus quand j'avais souri ou émis un petit rire pour la dernière fois. Mais d'un autre côté, je n'avais pas eu de relation sexuelle comme ça depuis… eh bien, peut-être jamais.

Même avec Gio dans un état critique dans la chambre d'à côté, j'avais l'impression d'être temporairement soulagé du poids des responsabilités qui me pesaient habituellement sur les épaules.

Et je détestai y mettre fin, mais Gio attendait. Et j'avais besoin de mettre les choses au point avec son infirmière.

Je reculai légèrement pour voir le visage de Desiree et lui attraper la mâchoire.

— O.K., poupée. Nous avons encore des trucs sérieux à aborder.

Ses yeux s'écarquillèrent.

— Pourquoi est-ce que tu partais ?

Desiree s'affaissa un peu.

— Je ne suis pas partie, insista-t-elle. Je l'*envisageais*.

Je me forçai à ne pas sourire. C'était si mignon, la façon dont elle discutait toujours avec moi.

— D'accord. Pourquoi ?

Elle haussa les épaules et une expression légèrement butée s'installa sur son visage.

— Je ne suis pas vraiment sûre que je vais ressortir d'ici vivante.

Elle leva le menton, me défiant directement de ses grands yeux marron.

Maintenant, c'était à mon tour de m'affaisser. Pour autant que sa peur m'énerve, elle avait raison de s'inquiéter. Elle serait un détail à régler, et si j'étais malin et sans pitié, je m'assurerais qu'elle ne ressortirait pas d'ici pour moucharder.

— Oh, bébé.

Je lâchai sa mâchoire et laissai ma poigne descendre sur sa gorge. Ce n'était pas une menace, mais elle déglutit convulsivement sous ma main.

— Je n'élimine pas les femmes innocentes, dis-je en suivant sa mâchoire du doigt. Surtout pas celle qui travaille comme une folle pour sauver la vie de mon frère.

Je pris sa nuque et l'attirai vers moi pour embrasser son cou.

— Surtout pas celle avec de petites taches de rousseur sur son nez retroussé, continuai-je en le lui tapotant. Je te promets que tu repartiras d'ici avec les récompenses que tu mérites. Je sais comment montrer ma reconnaissance aux gens qui prouvent leur loyauté. Je vais prendre soin de toi, Desiree.

— Tu ne t'inquiètes pas du fait que je pourrais parler ? Enfin, il y a une raison pour laquelle Gio n'est pas à l'hôpital, n'est-ce pas ?

Le regret m'envahit. J'aurais aimé qu'elle ne me mette pas la pression là-dessus.

— Oh, bébé, j'ai des centaines de moyens de t'empêcher de parler, et aucun d'eux n'implique de te mettre six pieds sous terre. Mais je ne veux pas proférer de menaces. Pas avec ton goût encore sur ma langue. Pas quand tu viens de me faire jouir plus fort que je ne l'ai fait depuis des années.

Je regardai le voile du désir retomber sur son visage et elle se tortilla sur mes cuisses avec un mouvement rotatif enivrant.

— Alors je vais te dire ça, et je ne vais le dire qu'une fois. J'ai besoin que tu restes ici pour prendre soin de Gio. J'ai besoin que tu me promettes que tu ne diras à personne où tu es, ni avec qui tu es. Ni maintenant ni jamais. Et j'ai besoin que tu saches que si tu me désobéis encore, il y aura de sérieuses conséquences. *Capiche* ?

Son visage pâlit et je détectai un peu d'énervement sur son expression, mais elle le dissimula pour l'essentiel. Elle se leva de mes cuisses, et cette fois, je la laissai partir.

— Ouais, j'ai compris.

Il y avait bien un ton renfrogné dans sa voix.

Eh bien, c'était parfait. Elle devait avoir peur de moi.

Je ne pouvais pas simplement la faire obéir par le sexe, même si j'allais essayer.

---

1. NdT : En anglais « *oak* » signifie « chêne ».

CHAPITRE QUATRE

Desiree

J'enfilai sèchement mes sous-vêtements et mon pyjama médical de la veille, souhaitant pouvoir faire un *drop kick* à Junior.

Je ne savais pas à quoi j'avais bien pu penser en concluant un arrangement sexuel avec cet homme ! Je n'allais pas aller jusqu'au bout. Je dirai totalement « beurre de cacahuète » la première fois qu'il essaierait de poser les mains sur moi.

Junior était dangereux. J'étais stupide d'avoir couché avec lui une fois.

Je n'avais pas besoin de répéter cette erreur.

J'allai voir comment allait Gio, même si j'avais renouvelé sa perfusion et ses médicaments avant d'essayer de partir. Il allait toujours bien. Pas de fièvre. Le pouls avait une amplitude correcte. Il transpirait un peu, et je baissai les couvertures pour lui donner un peu d'air. J'utilisai le drap du dessous pour le mettre sur le côté afin qu'il n'ait pas d'escarre.

Quand j'eus terminé, je me pointai dans la chambre de Junior comme si j'étais chez moi et ouvris ses tiroirs jusqu'à ce que je trouve ses tee-shirts. Il n'était pas dans le coin... je l'entendais parler au téléphone en bas. Il n'avait qu'un tiroir avec des cols en V blancs... pas une seule couleur ni de tee-shirt à imprimés. J'en attrapai un, puis allai dans la salle de bains d'invité où je pris une douche.

Elle fut longue et emplie de vapeur. Il n'y avait pas de rasoir, mais il y avait du savon et du shampooing, alors je me lavais puis me tenais simplement là sous le jet d'eau, comme si je pouvais effacer les dernières vingt-quatre heures.

Sauf que ce ne fut pas long avant que je ne me mette à penser à l'incroyable relation sexuelle que nous venions d'avoir. Ça avait été torride et réalisé un fantasme, mais ça n'était pas tout.

Il m'avait qualifiée de magnifique.

Il avait encaissé quand j'avais craqué... M'avait *serrée dans ses bras*, même.

Une partie de mon aigreur s'effaça. Oui, Junior était exaspérant. Il me gardait prisonnière ici. Il avait pris d'impardonnables libertés avec ma vie quand il avait décidé que j'étais la personne qu'il fallait pour ce boulot.

Mais il n'était pas complètement mauvais. Il ne pouvait pas. Il aimait son frère. Il aimait sa mère.

C'est un tueur de sang-froid, m'avertit la voix dans ma tête.

C'était vrai. Il l'avait pratiquement admis. *Je n'ai pas pour habitude d'éliminer des innocents.* Peut-être pas, mais les coupables ? J'étais sûre qu'il rendait justice de nombreuses manières horribles.

Il a fait réparer ma voiture, me soutint mon côté chiffe molle. *Il m'a serrée dans ses bras quand je pleurais.*

Il baise comme un démon.

O.K., *ça* ce n'était pas une raison suffisante.

Je fermai le robinet et sortis, m'essuyant avec une serviette que j'avais sortie du petit placard. Je renfilai mes vêtements, sauf que je portais le tee-shirt de Junior au lieu de mon haut de pyjama médical.

Quand je sortis, des voix masculines grondaient au rez-de-chaussée. Je carrai les épaules et jouai au même jeu qu'en tant qu'infirmière de soins à domicile : agir comme si je menais la danse jusqu'à ce que tout le monde se prête au jeu et me fasse assez confiance pour me laisser faire mon travail.

Je cherchai dans les placards jusqu'à trouver de quoi changer les draps, que j'apportai dans la chambre de Gio. Junior avait changé les serviettes ensanglantées, mais nous devions encore changer les draps, qui comportaient quelques taches de sang. Je commençai à retirer les coins du côté le plus loin de Gio.

— Il est temps d'appeler ton boulot, poupée.

Junior se tenait dans l'embrasure de la porte, mon téléphone à la main. Il s'était douché et habillé aussi, et avait l'air toujours aussi ravageur avec une chemise impeccable et un pantalon chic.

Il me fit signe d'approcher, ce qui m'agaça sérieusement, mais j'obéis. Il me tendit le téléphone. Je commençai à me détourner, mais il m'attrapa l'avant-bras.

— Non, non. Reste là pendant que tu appelles.

Je soupirai et roulai des yeux, mais mes doigts tremblaient légèrement lorsque je pris le téléphone parce que je savais qu'il craignait que j'essaie de demander de l'aide. Je ne pensais pas à essayer quoi que ce soit. Je croyais vraiment qu'il avait l'intention de me laisser partir quand tout serait terminé. Et j'étais prête à aller jusqu'au bout. Ça ne voulait pas dire que j'en étais ravie, ni que je pensais que ce qu'il faisait soit bien, mais peut-être que l'argent que je gagnerais avec ça m'aiderait à enfin retrouver Jasper.

J'appelai mon service à l'hôpital et fis en sorte d'avoir une voix misérable.

— Hé, Shelly, c'est Desiree Lopez.

— Salut, Desiree. Ça n'a pas l'air d'aller.

— Non, je ne vais pas très bien, dis-je en forçant une toux bruyante. Je me suis réveillée ce matin avec cette vilaine grippe. Je ne peux pas venir au travail aujourd'hui.

— D'accord, je le leur ferai savoir. J'espère que tu vas te sentir mieux rapidement !

— Merci, gémis-je avant de raccrocher, puis je levai un regard de défi vers Junior.

Ses lèvres tressaillirent.

— Gentille fille. Maintenant que vas-tu faire au sujet de ta mère ?

J'y avais réfléchi et j'avais une idée.

— Je vais lui envoyer un texto.

Il tendit la main vers le téléphone, comme s'il ne me faisait pas confiance, et je le ramenai contre ma poitrine, relevant le menton vers lui.

— J'ai besoin de le lire avant que tu appuies sur « envoyer », m'avertit-il.

— Bien.

Je tapai un texto à ma mère, lui disant que je m'étais fait porter pâle à l'hôpital, mais qu'en fait j'avais un boulot d'infirmière à domicile qui payait deux fois plus, alors j'allais le prendre pour la semaine. J'ajoutai qu'il impliquait de voyager avec un patient malade, que je ne serais donc pas là, mais que je prendrais contact et l'appellerais quand je reviendrais.

Je le tendis à Junior sans l'envoyer et il le lut.

— Bien pensé.

— Votre Altesse approuve ?

Il appuya sur « envoyer » et haussa les sourcils.

— Tu vas vraiment jouer les insolentes avec moi ?

J'ouvris la bouche pour demander ce qui se passerait si c'était le cas, mais le souvenir de la punition qu'il m'avait déjà donnée me fit rougir. Mes mamelons me picotèrent alors que je me souvenais exactement jusqu'où il allait dans ses *punitions*.

Les coins de sa bouche s'incurvèrent légèrement et je sus qu'il avait lu dans mes pensées. Il rangea mon téléphone dans sa poche. Je me renfrognai.

— Je m'attends à bien plus que deux fois mon salaire, vous savez, lui dis-je. Je devais simplement rendre ça crédible pour ma mère.

Je le regardai attentivement pour voir sa réaction, c'était important pour moi. Il fallait que je sache s'il y aurait vraiment une compensation considérable à la clé. Comme d'habitude, son visage n'afficha aucune expression particulière, il me rendit simplement mon regard.

— Vous avez dit assez pour acheter une nouvelle voiture. De quoi parlons-nous ? Vingt ? Trente mille ?

Il hocha la tête.

— Trente, c'est sûr. Davantage si tu le mérites.

Il n'y avait rien de lubrique dans la manière dont il prononça ces paroles, mais mon esprit fila immédiatement vers du sexe débridé et mon corps s'emballa, impatient de se mettre à mériter toute la fortune possible.

— Pourquoi en as-tu besoin ?

Je fronçai les sourcils à cette question indiscrète.

— Je sais qu'il y a une histoire que tu ne veux pas que je connaisse, ajouta-t-il.

C'est drôle comme toutes les réponses possibles restèrent coincées dans ma gorge, et je restai bloquée à le fixer comme un animal piégé.

— C-comment le savez-vous ? réussis-je à dire.

Il pencha la tête sur le côté.

— C'est mon travail de déchiffrer les gens.

Pour pouvoir les faire chanter.

Je chassai cette pensée de ma tête.

D'une manière ou d'une autre, je surmontai la douleur fulgurante qui m'accompagnait toujours quand je pensais à Jasper. Je croisai les bras sur ma poitrine.

— Vous avez raison. Je ne veux pas que vous le sachiez.

Ses lèvres tressaillirent et il me tapota le nez.

— Je le découvrirai.

Ses paroles étaient légères. Ce n'était pas une menace. Et pourtant, sa conviction, et la certitude que, tout ce qu'il voudrait, il pouvait le fiche en l'air dans ma vie, déclenchèrent des frissons le long de mon échine.

Je voulais lui dire sèchement de rester en dehors de ça, mais je me mordis la lèvre. Plus je montrerais d'émotion, plus il saurait que c'était un problème qui me tenait à cœur.

Ce n'était pas comme si le fait qu'il sache pouvait faire du mal... ce ne serait pas le cas. Mais c'était un sujet dont je ne supportais pas de parler, même avec ma mère. Ça me tuait littéralement. Et je m'étais déjà effondrée une fois sur Junior ce matin-là. Je ne prévoyais pas de recommencer, ni ce jour-là, ni un autre.

— J'ai fait apporter de la nourriture par Paolo. Je ne savais pas ce que tu voudrais manger, mais il y a plein de trucs en bas. Va te servir.

— Après que j'aurai changé ce drap. J'ai besoin que vous le souleviez.

Je donnai un coup sec de la tête en direction du lit.

— D'accord, poupée.

J'aurais juré détecter de l'amusement dans le ton de Junior, comme s'il pensait que c'était drôle que je lui donne des ordres.

Je savais que c'était dingue, mais je ne pouvais pas m'en empêcher. Je la jouais à l'esbroufe quand j'étais nerveuse.

Je lui donnai des instructions pour soulever Gio en utilisant le drap déjà présent pour que je puisse en glisser un propre dessous, et je le changeai, satisfaite. Alors que je sortais avec les draps sales dans les bras, je passai à côté de Paolo et me rendis compte à ce moment-là que c'était un autre des frères Tacone. Il me regarda passer, mais ne me salua pas ni ne fit de commentaire.

En bas, je trouvai une variété de plats à emporter de chez Starbucks : un *latte* fumant et un sandwich aux œufs, des bagels, des muffins. Il y avait également, posé sur le plan de travail, un sac de courses qui n'avaient pas été rangées.

Je pris la liberté de le vider.

Quatre pots de mon Ben & Jerry's préféré. Je réprimai l'approbation qui venait. Mes relations passées ne m'avaient pas gâtée côté cadeaux. Mais quelqu'un qui m'achetait de la glace cookie menthe ne constituait pas une raison pour rêvasser.

Je me préparai un bagel avec du fromage à tartiner et m'assis pour manger.

Je pouvais m'en sortir. Si nous prenions bien soin de la blessure de Gio, il devait pouvoir être stable dans une semaine. Puis j'aurais un gros paquet d'argent, que je pourrais utiliser pour intensifier les efforts pour retrouver Jasper. Pour trouver où mon foireux d'ex se planquait avec notre fils.

Je le faisais pour Jasper.

Cette pensée me calma. Rendit tout cela facile. Je pouvais gérer Junior Tacone et tout ce qui accompagnait ce travail si ça signifiait récupérer mon petit garçon.

Junior

— Nico et Stefano arrivent par avion cet après-midi, annonça Paolo, son attention concentrée sur Gio, pas sur moi.

— Pourquoi ? me hérissai-je.

— Parce que c'est notre frère ! cracha Paolo.

— Et tu l'as dit à Alessia et à maman ? demandai-je.

Je savais déjà que non. Nous les Tacone, nous avions un code qui impliquait de ne pas inquiéter les femmes de la famille.

— Bien sûr que non. Elles n'ont pas besoin de le savoir. Nico et Stefano font partie du business.

— Vraiment ?

Ce n'était pas le cas, en fait. Nous faisions partie de leur business, parce que la *Famiglia* avait donné l'argent pour démarrer le casino de Las Vegas de Nico et que maintenant nous étions tous actionnaires de l'entreprise. Mais Nico ne faisait plus partie de notre business depuis plus de dix ans. Et ce clan n'était pas une putain de démocratie. Ils n'avaient pas le droit de peser dans la balance juste parce qu'ils étaient mes frères. Paolo non plus, d'ailleurs. Mais mon poste de chef de famille était par nature précaire, parce que techniquement notre père était encore le Don, et n'importe lequel de ces salauds pouvait aller le voir s'ils pensaient que je foirais.

— Enfin, ils comprennent le business, en tout cas, dit Paolo en fourrant les mains dans ses poches en signe de concession.

Je ne répondis pas.

— Comment va Gio, d'ailleurs ?

— Desiree dit qu'il est stable.

— Bien.

Rien que de prononcer le prénom de Desiree me rappelait à quel point elle avait été appétissante sous mon corps ce matin-là. Les magnifiques cris qu'elle avait émis, la manière dont elle s'était donnée si complètement. Je n'aurais jamais imaginé que je réaliserais le fantasme d'une femme, mais savoir que je le pouvais ?

C'était sacrément sexy.

Et même si j'avais été con avec elle après que nous avions parlé, j'avais l'envie puissante de la récompenser de s'être abandonnée à moi comme ça. Et d'être elle-même.

Elle était apparue ce matin-là, douchée et portant un de mes tee-shirts. Elle n'avait même pas demandé la permission, elle s'était servie.

Je ne savais pas pourquoi j'adorais ça chez elle. Peut-être parce que Marne, mon ex, était tellement incapable de faire quoi que ce soit pour elle-même, avec ou sans permission.

Même si j'aimais qu'elle porte mes vêtements, Desiree allait avoir besoin de ses propres affaires.

— Écoute, tu restes là et tu gardes un œil sur lui, hein ? Je vais emmener Desiree à son appartement pour préparer une valise.

Paolo hocha la tête.

— Bien sûr.

— Où tu as mis sa voiture ?

— Elle est dans ton garage.

— Bien. Je reviendrai dans deux heures. Appelle-moi si l'état de Gio change.

— Entendu.

— Et appelle Vlad. Nous devons organiser une rencontre pour parler de leur fichu piège. En ce qui me concerne, nous sommes en guerre. Découvre ce qu'on dit dans la rue sur les Russes. Je veux des oreilles partout.

Paolo hocha la tête, le téléphone déjà sorti.

Je descendis les escaliers quatre à quatre et découvris la cuisine impeccable, Desiree essuyant l'intérieur du réfrigérateur. Bon sang, ça me faisait bander rien que d'imaginer de jouer une scène où elle serait ma domestique et où je la forcerais à se pencher en avant et à encaisser pour son patron. Est-ce qu'elle voulait des jeux de rôle ? Ou est-ce que le scénario du caïd de la mafia était tout ce dont elle avait besoin de ma part ?

J'ajustai mon pantalon sur mon attirail et me raclai la gorge.

— Oui ?

Elle ne se retourna pas. Elle ne se mit pas au garde-à-vous, ni ne devint nerveuse en babillant comme les autres femmes qui travaillaient pour moi. Cette fille était complètement différente.

Tirée d'un moule très spécial.

— Prends ton manteau, poupée. Je vais t'emmener chercher une valise.

— Ouais ?

Elle se retourna, repoussant ses épais cheveux bruns de son visage avec le dos de son poignet, ses mains pleines avec le pulvérisateur et un essuie-tout.

— Cool, dit-elle. Laissez-moi juste finir.

J'aurais dû lui dire que personne ne faisait attendre Junior Tacone.

Le truc, c'était que j'étais sûr qu'elle le savait, ce qui était précisément la raison pour laquelle je trouvais ça tellement sexy qu'elle me rembarre autant. Elle était plus maligne que ça. J'étais un enfoiré. J'étais sérieusement dangereux, et pourtant elle décidait de me provoquer. C'était salement effronté. J'adorais son assurance.

Je décidai de laisser passer ça puisque ce que je voyais valait la peine d'attendre.

Desiree avait ce corps incroyable : tout en courbes, mais des muscles fermes en dessous. Une jolie silhouette en sablier : des seins généreux, une taille fine, de larges hanches. Des cuisses solides. Comme si elle faisait du sport, mais ne pouvait pas arrêter le Ben & Jerry's. Ce qui était parfait pour moi. J'aimais avoir un peu de chair à tenir, surtout quand elle était aussi délicieusement façonnée.

À ce moment-là, elle m'offrait une vue privilégiée sur son fessier. Le tissu fin de son pyjama médical était étiré sur ses fesses que j'avais rosies quelques heures auparavant.

— J'ai une femme de ménage, tu sais.

— Eh bien, elle doit nettoyer l'intérieur de votre frigo, Tacone. Vous lui direz la prochaine fois.

Je ramassai un torchon, l'entortillai étroitement et fouettai ses fesses avec.

— Aïe ! cria-t-elle avant de tendre la main en arrière. Mince, ça fait mal.

Elle se retourna et chercha mon visage du regard, les sourcils froncés.

Je ne savais pas ce qu'affichait mon expression, probablement toutes les choses perverses que je voulais lui faire, parce que ce qu'elle allait dire ensuite mourut sur ses lèvres et elle rougit comme une ingénue.

— Allons, petite maligne. Je n'aime pas attendre.

— Bien sûr que non.

Elle ponctua ses mots en posant le pulvérisateur et l'essuie-tout et ferma la porte du réfrigérateur avec un peu trop de force.

— Eh bien... c'est vous le patron.

— Tu sembles l'oublier sans arrêt, poupée.

Je l'escortai hors de la maison à ma voiture, qui se trouvait dans l'allée. Elle eut l'audace de tripoter ma radio sur le trajet, la changeant pour une station du top 50 et accompagnant la chanson *Havana* de Camila Cabello.

Je lui lançai un regard en coin. D'après le nom de famille Lopez, je savais que c'était une latino. Portoricaine, supposais-je, en me basant sur le quartier dans lequel elle habitait.

— Tu parles espagnol, poupée ?

— *Sí, jefe*. Vous parlez italien ?

— *Sì*.

— Dites-moi quelque chose, je parie que je vais comprendre.

— Tu as une jolie voix, lui dis-je en italien.

Ses lèvres pleines s'étirèrent en un sourire.

— *Pues.*

J'aimais bien quand elle rougissait parce que ça ne lui ressemblait pas du tout. Ou je suppose que j'aimais ça juste quand c'était *moi* qui la faisais rougir.

Nous arrivâmes dans son quartier et je trouvai une place où me garer. Elle sortit et claqua la portière.

— J'espère sérieusement que vous avez apporté mes clés.

— Oui, dis-je en sortant son porte-clés de ma poche et en le faisant tourner autour de mon index. Et ta bouche va te causer des problèmes, poupée.

Elle me sourit, révélant deux fossettes profondes.

— Vous adorez ça et vous le savez.

Je souris d'un air narquois et remis les mains dans mes poches.

— Ça ne veut pas dire que je ne te le ferai pas payer.

Je remarquai l'éclair d'excitation dans ses yeux avant qu'elle ne se détourne rapidement et avance sur le trottoir vers son bâtiment. Je la suivis à un rythme tranquille, profitant du balancement de ses fesses délicieuses, de ses épais cheveux bruns rejetés en arrière.

Nous montâmes quatre volées de marches pour arriver à son logement délabré. C'était propre et organisé à l'intérieur, un trois-pièces. Elle alla dans une chambre, j'allais tranquillement regarder dans l'autre. Il y avait un lit une place qui n'avait pas été fait, et une pile de cartons le long du mur. Je m'avançai pour jeter un œil aux cartons.

— Qu'est-ce que vous faites ? Arrêtez, dit-elle d'un ton cassant depuis l'embrasure de la porte de l'autre chambre.

Je lui lançai un regard qui disait « quoi ? ».

— Juste... sortez de là.

Ses yeux étaient troublés, sa bouche crispée en un pli de mécontentement.

Humm. Encore plus de mystère. À qui appartenaient ces cartons ? Quelqu'un était-il mort ? Je haussai exagérément les épaules et me positionnai dos contre la porte d'entrée pour l'attendre.

Je sortis mon téléphone et envoyai un texto à Earl Goldfarb, un enquêteur privé que nous utilisions parfois pour avoir des renseignements. *« J'ai besoin que tu fasses des recherches sur une fille... Desiree Lopez. Elle vit à Humboldt Park. »*

Il répondit immédiatement. *« D'accord. Tu as besoin que je la surveille ? »*

« Non. Elle est avec moi en ce moment. Je veux simplement des infos de base sur elle. »

« Compris. Priorité ? »

« Aujourd'hui. » J'appuyai sur « envoi » et rangeai mon téléphone dans ma poche. Je justifiais cette atteinte à sa vie privée comme étant nécessaire puisqu'elle savait des trucs sur moi maintenant. Je devais connaître ses points faibles. Mais la vérité était que je voulais – *j'avais besoin de* – en savoir plus sur Desiree en général. J'avais besoin de savoir tout ce qui la motivait. Ce qui lui causait de la douleur. Ce qui la maintenait éveillée la nuit. J'avais besoin d'entrer dans sa magnifique tête.

Par la porte ouverte, je la regardai se déplacer rapidement dans sa chambre, balançant des vêtements dans une petite valise.

Je découvrirai tous tes secrets, poupée. Il n'y a rien que tu puisses me cacher.

CHAPITRE CINQ

Desiree

Deux hommes arrivèrent en fin d'après-midi : d'autres Tacone, à en juger par la ressemblance. Junior semblait peu enthousiaste de les voir et ils étaient sombres alors qu'ils entraient dans la chambre de Gio, Junior à leur suite. Je me demandai si la décision de Junior de ne pas emmener Gio à l'hôpital était sujette à controverse.

J'étais dans la pièce, à refaire le bandage de la blessure de Gio, avant de le tourner sur l'autre côté et de changer la poche de perfusion.

— Bonjour messieurs, dis-je d'un ton dégagé, comme s'il était parfaitement normal qu'une infirmière prodigue des soins à domicile sur une victime de blessure par balle.

— Voici Desiree, me présenta Junior. C'est l'infirmière qui s'est occupée de maman après son opération de la hanche.

Les deux hommes me regardèrent d'un air spéculateur.

— Je suis Stefano, se présenta celui à l'air plus sympa, avec un sourire digne d'Hollywood.

Il me tendit la main, mais j'écartai la mienne, gantée, et secouai la tête. Ce n'était pas le bon moment pour la serrer.

— Voici Nico.

Stefano présenta l'autre homme, qui me regarda froidement.

Il était aussi effrayant que Junior, à sa manière. Tous trois étaient très beaux, mais Junior était assurément le plus sexy. Il avait au moins dix ans de plus, et je trouvai que l'âge le rendait attirant. Le léger grisonnement sur ses tempes et les lignes dures sur son visage lui donnaient l'air plus puissant. Aguerri.

— J'ai beaucoup entendu parler de vous par votre mère. Vous possédez le grand casino à Las Vegas, c'est ça ?

C'était de là que l'essentiel de l'argent des Tacone provenait ces temps-ci, si je comprenais bien.

Stefano hocha la tête puis ils tournèrent leur attention sur Gio. Ils en avaient apparemment terminé avec moi.

— Hé, Gio. Tu n'as pas bonne mine, dit Stefano quand les yeux de Gio papillonnèrent.

Il était souvent inconscient, ce qui était normal. Je le maintenais sous une bonne dose d'antidouleur et d'un léger sédatif.

— *Vaffanculo*, marmonna Gio et les deux nouveaux arrivants émirent un petit rire.

Je devinai que c'était une sorte de juron.

Il régna un silence pesant dans la pièce.

— Eh bien ? demanda Junior.

Il y avait une note défensive dans sa voix et désormais j'étais sûre qu'il y avait un conflit sur sa façon de gérer ça. Pour une raison quelconque, j'étais fermement de son côté même si sa méthode impliquait de me kidnapper et de me rendre complice de ses crimes. Ce n'était pas super logique, mais je suppose que je n'aimais pas le voir sur la défensive.

Pas depuis que j'avais vu à quel point il tenait à son frère blessé. J'étais sûre que sa décision provoquait de nouveaux cheveux gris.

— Je ne suis pas suffisamment stupide pour donner mon opinion sans que tu me la demandes.

Le ton de Nico était sombre.

— Dis toujours, gronda Junior.

— Je pense que Gio a l'air d'être entre de bonnes mains. Mais si ça s'aggrave, tu devrais l'emmener à l'hôpital. Si les flics viennent poser des questions, je m'assurerai que tu auras le meilleur avocat du pays.

— Je dirai quoi ? Qu'il a été embroché en faisant griller des chamallows ? demanda Junior d'un ton cassant.

Je terminai avec la poche à perfusion, mais comme j'étais très curieuse, je voulais écouter la conversation, alors je tripotai les médicaments sur la commode.

— Tu ne diras rien.

Il y eut un long silence et je me retournai car j'avais la sensation qu'ils communiquaient sans paroles. Effectivement, tous les yeux étaient sur moi.

— Desiree, va en bas, dit Junior.

Pas de *s'il te plaît*, pas de *merci*. Mais c'était plus ou moins la norme avec lui.

Et bien sûr, l'esbroufe était la mienne.

— Pourquoi vous ne descendriez pas tous les trois ? le défiai-je. Mon travail est dans cette pièce.

Nico et Stefano se figèrent et je me rendis compte que j'avais commis une énorme erreur. Tous deux lancèrent des coups d'œil à Junior comme s'ils s'attendaient à ce qu'il explose. Puisque j'étais celle qui s'était montrée insolente, c'est pour moi qu'ils devaient avoir peur. Je supposai que se montrer insolente quand il n'y avait que Junior était une chose. Se montrer insolente devant d'autres personnes pouvait être un motif de correction.

Un picotement glacé descendit le long de mon échine, mais balançant mes cheveux en arrière, je levai les sourcils vers Junior, continuant mon bluff.

Il tendit la main vers moi, et m'attrapa le bras, mais sa prise n'était pas brutale. Il m'attira contre son corps, mon dos plaqué contre son torse. Un de ses bras s'enroula autour de ma taille et son autre main emprisonna ma gorge. Les lèvres près de mon oreille, il murmura d'une voix trop basse pour que les autres l'entendent :

— Bébé, tu vas absolument être punie pour ça.

Mon intimité se resserra au grondement sexuel de sa voix.

Je ne dis rien, mais ma respiration était haletante.

— Maintenant, écoute bien. Nous devons discuter de trucs, et à moins que tu veuilles être davantage complice que tu ne l'es déjà, tu dois descendre et être hors de portée de voix, *capiche* ?

La main autour de ma gorge n'était pas du tout serrée, et son pouce se leva pour caresser le côté de ma mâchoire : la caresse d'un amant. Nous avions le dos tourné aux autres, alors pour moi cela ressemblait à un message secret. Il cherchait ma docilité sans perdre la face.

— Est-ce que ça vous tuerait de dire « s'il te plaît » ou « merci » ? marmonnai-je.

Je ne savais pas pourquoi j'étais aussi têtue, c'était simplement dans mes gènes, supposai-je.

Je sentis son sourire contre ma tempe.

— *Per favore.*

Il me lâcha, je fis volte-face et souris d'un air narquois, bien trop contente de moi d'avoir obtenu une concession de cet homme dur. Bien sûr, il dut me taper sur les fesses alors que je sortais de la pièce, ramenant fermement le score en sa faveur.

Pues. Désormais, je connaissais la vérité. Junior Tacone

laissait plus de liberté d'action à la fille qu'il baisait qu'à ses propres frères.

Et j'adorais plutôt ça.

J'allai en bas et cherchai dans les placards de Junior de quoi préparer le dîner. Il y avait des pâtes, alors je mis de l'eau à bouillir dans une casserole. J'avais déballé des saucisses fraîches des courses que Paolo avait rapportées plus tôt... apparemment, ils les considéraient comme un aliment de base. Je souris toute seule devant ces Italiens. Ils correspondaient absolument au stéréotype, à tous les points de vue. C'était tellement cliché que c'en était presque drôle.

Les hommes descendirent environ quarante minutes plus tard. Stefano s'aventura dans la cuisine pendant que Nico et Junior restaient dans la salle de séjour à parler.

— Nous décollons.

— Ouais ? Combien de temps restez-vous en ville ?

— On rentre par avion ce soir. On doit faire tourner le business. Écoute, tu prends bien soin de mon frère, d'accord ?

Je m'arrêtai de tourner les saucisses dans la poêle et me tournai vers lui.

— Gio va se remettre, promis-je.

J'avais vu assez de cas comme ça. Enfin, quelque chose pouvait aller de travers, mais il avait vraiment de bonnes chances de récupérer complètement.

— Je voulais dire Junior, me corrigea Stefano.

Je restai bouche bée de surprise. Il me lança un clin d'œil.

— Il a vraiment un faible pour toi, dit-il. Je ne l'ai jamais vu comme ça avec une femme.

Je n'arrivais toujours pas à parler, je me tenais là, bouche ouverte, spatule en bois à la main.

— J'espère que tu lui pardonneras de t'avoir embarquée là-dedans.

Je déglutis.

Il haussa les épaules.

— Enfin, on dirait que tu le remets déjà à sa place quotidiennement, alors je n'ai probablement pas besoin de trop m'inquiéter pour toi, n'est-ce pas ? Tu gères mieux notre *stronzo* de frère que n'importe lequel d'entre nous.

— C'est quoi, *stronzo* ?

Il me fit un grand sourire.

— « Connard. »

— Stefano, éloigne-toi d'elle, bon sang, gronda Junior depuis la salle de séjour.

Son sourire s'agrandit, et il écarta les mains, dans le style italien.

— Quoi ? Je ne flirte pas. Je suis fiancé… tu le sais. Je lui donne simplement quelques tuyaux sur comment s'y prendre avec toi.

Il me lança un autre clin d'œil et se retourna, sortant d'un pas nonchalant dans son costume à mille dollars et ses chaussures de ville vernies.

Junior arriva dans l'embrasure de la porte et ses yeux m'examinèrent de haut en bas d'un air soupçonneux avant qu'il ne les raccompagne à la porte. Pendant qu'il était parti, je nous servis le repas et le posai sur la table, puis m'assis et commençai à manger.

∼

Junior

Madonna, elle cuisinait.

Elle cuisinait, elle faisait le ménage, c'était une meilleure infirmière que Florence Nightingale. D'où venait cette femme ? C'était stupide, mais le fantasme de la garder ici après le rétablissement de Gio me traversa l'esprit.

Desiree m'attendant à la porte en ne portant rien d'autre que des talons hauts, son soutien-gorge et sa petite culotte en dentelle, un verre à la main. Desiree à genoux, accueillant profondément ma verge pendant que je faisais des affaires au téléphone.

C'était mal, tordu, mais tellement attrayant.

Je pris un morceau de parmesan dans le tiroir à fromages du frigo et l'apportai à table avec la râpe.

Elle me sourit.

— C'est ça. J'ai oublié le fromage.

— Qu'y a-t-il de drôle ?

— Je me suis dit que je prenais un risque en préparant de la cuisine italienne à un Sicilien. Je savais que vous m'auriez sur quelque chose.

Je râpai du fromage sur nos deux assiettes, puis ouvris une bouteille de vin rouge, nous versai à chacun un verre avant de m'asseoir.

— Je n'ai rien dit.

Je pris une bouchée et grondai presque d'appréciation. Elle avait ajouté de l'ail frais et peut-être du vin à la sauce, et c'était absolument parfait.

— En tout cas pas sur ta cuisine.

Elle croisa mon regard, le défi habituel animant ses yeux.

— Ouais, enfin, si vous voulez un petit lapin effrayé qui bondit et détale à chaque fois que vous donnez un ordre, ce n'est pas moi.

J'enfournai une autre bouchée. C'était tellement délicieux.

— Nous en parlerons plus tard, lui promis-je.

Mes mots eurent l'effet prévu. Ses mamelons apparurent à travers le tissu de son soutien-gorge, tendant le pyjama médical qu'elle avait enfilé après que nous étions allés à son appartement.

Me souvenant qu'elle m'avait reproché un peu plus tôt de ne pas dire s'il vous plaît et merci, je fis un effort. Les mots étaient rouillés sur mes lèvres... elle avait raison, j'avais perdu l'habitude de les utiliser.

— Merci d'avoir cuisiné, poupée. C'est délicieux.

Elle haussa les sourcils.

— Un compliment de Votre Altesse. Je n'arrive pas à y croire.

Je secouai la tête.

— Continue à me provoquer, *bambina*. Je te promets que tu regretteras sérieusement.

Ses pupilles se dilatèrent et elle prit une bonne gorgée de vin.

— Alors, quel est le scoop sur vos frères ? Vous ne vous entendez pas ?

Je soupirai et tendis la main vers mon verre de vin, me renfonçant sur mon siège.

— Non. Pas vraiment.

— Combien de frères avez-vous ?

— Quatre. Je suis l'aîné. Puis Paolo, puis Gio. Nico et Stefano sont les plus jeunes. J'ai été forcé d'entrer dans le moule que mon père avait façonné pour moi. J'ai repris le flambeau quand il est allé en prison. Nico et Stefano n'ont jamais voulu faire partie du business familial. Nico est super intelligent. Honnêtement, il aurait probablement été le meilleur Don de nous tous, mais ça ne l'a jamais intéressé. Et les choses ne marchent pas comme ça de toute façon... tout est question d'ordre de naissance.

Je m'arrêtai et bus une longue gorgée de vin. Je n'arrivais pas à croire que je lui disais tout ça. Ce n'était pas mon genre de dire des banalités à qui que ce soit, et je ne racontais certainement pas ma vie. Et parler de la Famille ? C'était interdit. Mais elle me regardait avec tellement d'intérêt, une chaleur qui se déversait de ses yeux marron chocolat. Ce n'était pas seulement facile de lui parler... je *voulais* tout lui dire.

— En tout cas, Nico a concocté ce plan pour emporter la branche du business concernant les paris à Las Vegas, où c'est légal. Il a investi l'argent de la Famille et gagné une fichue fortune. Cet endroit gagne des centaines de millions par an. Et tout est légal.

Je ne savais pas pourquoi j'étais satisfait que Desiree ne semble pas particulièrement impressionnée. Elle ne se précipita pas avec des questions sur le casino comme la plupart des gens le faisaient quand ils découvraient que notre frère dirigeait le Bellissimo.

— Ça vous rapporte de l'argent à tous, ou juste à lui ?

Question pertinente.

— À nous tous. Bien sûr, Nico détient un énorme pourcentage de l'entreprise, mais c'était l'argent de la Famille qui a permis de démarrer le business. Nous gagnons tous de gros dividendes.

— Alors quel genre d'affaires faites-vous ici pour que votre frère se soit fait tirer dessus ? ... Passons, je sais que vous ne pouvez pas me le dire, dit-elle en se tamponnant les lèvres avec une serviette en papier. Mais vraiment... vous ne pourriez pas simplement prendre votre retraite ?

Je secouai la tête, je commençai à sentir une douleur familière entre mes yeux. Celle qui apparaissait à chaque fois que je pensais aux affaires familiales.

— Mon père m'a laissé diriger. Il veut que toutes ses activités commerciales soient toujours en place quand il sortira.

Elle pencha la tête sur le côté, mâchant une bouchée de pâtes.

— Je vois.

Après un instant, elle dit :

— Il me semble que vous, Gio et Paolo prenez tous les risques et que Nico et Stefano en récoltent les bénéfices.

Quelque chose de proche du soulagement me traversa en l'entendant l'exprimer ainsi. Parfois, j'avais l'impression d'être Caïn, jaloux des succès de mon frère. J'étais enchaîné ici, dirigeant un business dépassé et de l'ancienne école qui était sérieusement dangereux. Eux vivaient le glamour, l'argent et le sexe à Las Vegas.

Et ils avaient dit clairement qu'ils ne voulaient pas de mon aide ni de mon ingérence là-bas.

— Quand est-ce que votre père sort ?

— Il lui reste encore douze ans à tirer. Il pourrait sortir plus tôt pour bonne conduite, mais je doute que ça se fera. Ça ferait une mauvaise presse de laisser sortir un mafieux connu.

— Sérieusement ? Douze ans ? Votre père doit avoir quoi... la soixantaine ?

Je hochai la tête.

— Soixante-cinq.

— Donc il aura soixante-dix-sept ans quand il sortira. Vous pensez vraiment qu'il voudra encore diriger les affaires ? Ne voudra-t-il pas prendre tous ces millions et prendre sa retraite à Cabo ?

Je secouai la tête.

— Tu ne connais pas mon père. Les affaires familiales étaient tout pour lui. Toute son identité. De plus, c'est une question d'intérêt général pour lui. Il croit que c'est notre travail de toujours protéger les anciens quartiers. De garder les gangs à l'écart, de garder les innocents purs. C'est vieux jeu, mais... je ne sais pas, dis-je en descendant mon verre de vin avant de m'en verser un autre. Il y a de l'honneur à cela.

Le visage de Desiree s'adoucit.

— Ouais, je suppose. Vous êtes comme un retour à une autre époque. Des guerriers qui protégez votre peuple et maintenez l'ordre. Selon votre propre loi.

Je me frottai les yeux, qui me piquaient de manière inattendue. À l'étage, Gio grogna.

Desiree bondit de la table.

—Je vais passer le voir.

—Je vais m'occuper de la vaisselle, lui dis-je.

Un poids s'abattit sur moi alors que je ramassais la vaisselle. Pendant que je la rinçais, un texto arriva d'Earl.

« Appelle-moi pour les informations que tu m'as demandées. »

Je sortis par la porte d'entrée pour l'appeler au cas où il aurait quoi que ce soit que je ne veuille pas que Desiree entende.

— Qu'est-ce que tu as ?

— O.K., Desiree Lopez. Infirmière au Cook County. Elle vit sur la 22e. Tu sais probablement déjà tout ça. Elle a trente-deux ans. Mariée à l'âge de vingt-six ans à un certain Abe Bennett. Un voyou, ouvrier du bâtiment et repris de justice. Elle a divorcé l'année dernière. Le gars est actuellement recherché pour avoir enlevé leur gamin.

— *Quoi ?*

Merda. J'allais tuer cet enfoiré.

— Ouais. Jasper Lopez, cinq ans. L'année dernière, on lui a accordé la garde exclusive au motif que son ex était un dealer de cocaïne condamné et qu'il avait refusé de passer une analyse d'urine pour prouver qu'il était clean. Deux mois plus tard, il est allé chercher le gamin à l'école maternelle et a disparu. C'était il y a six mois. Desiree travaillait pour le Cook County à ce moment-là, mais elle a démissionné pour rechercher le gamin. Quand ses économies ont été épuisées, elle a fait des soins à domicile, y compris pour un *schmutz* du nom de Santo Tacone

Junior… tu le connais ? Hé. En tout cas, elle a fait ça jusqu'à ce que la Cook County la réengage il y a deux mois. Elle a engagé un enquêteur privé à la noix, Terry Ryan, pour le retrouver. Le gars l'a fait payer au mois, et à l'évidence toujours pas de gamin. Ses autres factures comprennent des prêts étudiants de l'école d'infirmière, son appartement et ses charges, son téléphone portable. Elle a environ cinq mille dollars de dette en carte de crédit. C'est à peu près tout. On ne dirait pas qu'elle a de passe-temps en dehors du boulot, de retrouver son gamin, et de prendre des cours de zumba gratuits grâce au plan de bien-être de l'hôpital.

Desiree. Connaître la source de ses difficultés – et je savais qu'il devait y en avoir une, parce qu'elle était trop intelligente et douée pour avoir une vie aussi merdique – faisait que je la soutenais encore plus.

— Je veux que tu retrouves le garçon.

— Jasper ?

— Ouais. Mets toutes tes ressources dessus. Engage d'autres privés… je paierai. Trouve son *stronzo* d'ex. *Capiche* ?

— Compris. Puis-je parler à Desiree pour avoir d'autres informations ?

— Non. Retrouve le gamin.

— Oh ouais, c'est tellement facile ! Je vais le faire apparaître par magie.

— Tu me dis que tu ne peux pas gérer ce boulot ? demandai-je d'un ton cassant.

Je laissais peut-être Desiree me défier. Je n'allais certainement pas laisser des privés me parler irrespectueusement.

— Non, non, non. Ne te mets pas en rogne. Je retrouverai le gamin.

— Surveille ton attitude, Earl. Et je veux des nouvelles régulières.

— Tu en auras.

— Bien.

Je raccrochai mais ne retournai pas à l'intérieur. Pas avant d'être sûr que je ne regarderai pas Desiree avec compassion… car je savais qu'elle détesterait ça.

Cristo. Elle n'aurait pas dû avoir à souffrir ainsi. Se faire arracher son propre enfant.

Eh bien, mince ! Je savais ce que c'était, n'est-ce pas ? La douleur de la mort de Mia me déchira le torse.

Mais son enfant était encore vivant, et j'allais sérieusement m'assurer qu'elle le récupère.

CHAPITRE SIX

Desiree

Je donnai d'autres antalgiques à Gio.

Peut-être que j'étais une poule mouillée, mais je ne voulais pas encore descendre. Parler à Junior... vraiment *parler* ce soir-là me l'avait rendu bien trop sympathique.

Et je ne pouvais déjà pas gérer mon attirance exagérée pour ce gars. Je n'avais sérieusement pas besoin de tomber amoureuse.

Junior Tacone n'était pas le genre de type avec qui je voulais avoir une relation. Même s'il n'avait rien de commun avec mon ex, j'avais eu ma dose des hommes qui était du mauvais côté de la loi. Si je m'engageais un jour dans une autre relation, ce serait avec un mec gentil et normal. Un comptable ou un vendeur. Quelqu'un de respectable et de sympathique. Le genre de mec qu'on pouvait amener à n'importe quelle fête.

Pas un mafioso effrayant.

Un guerrier sexy en diable qui portait le poids de toute

sa famille sur ses épaules. Qui prenait tendrement soin de sa mère. Et semblait capable d'accomplir... n'importe quoi. Un homme intelligent et impitoyable qui faisait ce qu'il croyait devoir faire sans s'excuser.

Mince, j'étais en train de tomber amoureuse de Junior Tacone.

Et c'était d'une stupidité sans bornes.

J'allumai la télévision dans la chambre de Gio et montai avec précaution sur le lit. Je ne voulais pas bousculer Gio... il était déjà assez gêné comme ça.

Junior ne monta pas. Peut-être qu'il ressentait lui aussi le besoin de faire machine arrière.

Ou peut-être qu'il n'y avait rien devant quoi faire machine arrière.

Non, c'étaient des salades. Je lui plaisais. Je lui plaisais depuis que nous nous étions rencontrés. Et nous avions déjà couché ensemble.

Nom d'un chien... à quoi est-ce que je pensais ? Je n'arrivais pas à croire que j'avais couché avec Junior Tacone. Ce matin-là me semblait déjà si loin ! Mais quand je me souvenais à quel point cela avait été brûlant, mon corps s'enflammait du désir d'en avoir plus.

Je voulais que les mains autoritaires de Tacone contrôlent de nouveau mon corps. Je voulais qu'il me dise des obscénités, réalise tous mes fantasmes alors qu'il faisait semblant de me prendre contre ma volonté. Je pensai à la fois où il m'avait attirée contre lui, quand ses frères étaient là, le doux grondement d'avertissement de sa voix juste contre mon oreille.

Je restai devant deux séries télé, mais mon esprit restait rivé sur le sexe. Sur la menace de Junior de me punir encore.

Avait-il oublié ? Attendait-il quelque chose ?

Peut-être que je devais descendre pour attirer son attention.

J'étais tentée de laisser la télé allumée pour que Gio ne puisse pas m'entendre si je faisais du bruit, mais je ne pourrais pas l'entendre non plus s'il avait besoin de quelque chose. Il était trop dans les vapes pour entendre quoi que ce soit, de toute façon.

Je me brossai les dents et descendis les escaliers à pas feutrés.

J'entendis Junior au téléphone. Il n'était pas dans la salle de séjour ni dans la cuisine. Je jetai un coup d'œil derrière les escaliers et vis de la lumière dans ce qui devait être son bureau. Il était assis derrière un bureau, un verre de scotch à la main tout en parlant au téléphone.

Il m'aperçut et s'arrêta, me faisant signe avec son verre, me sondant de son regard.

Oh seigneur ! Il n'avait pas oublié. Je voyais parfaitement une promesse sombre dans les profondeurs de ses yeux chocolat.

Je tournai les talons, comme un lapin effrayé, et me dirigeai droit vers la cuisine. Il s'avérait que l'offre de Junior de s'occuper de la vaisselle n'était pas vraiment réglo. Il l'avait mise dans le lave-vaisselle mais les casseroles et les poêles étaient encore sur la cuisinière et rien n'avait été lavé.

J'aurais dû être agacée, sauf que ce n'était pas ma cuisine ni mon travail, alors je n'avais pas à m'en soucier.

Mais j'allais quand même le faire parce que cela m'occuperait. Je lavai les casseroles, nettoyai et essuyai la table, puis les plans de travail.

La voix de Junior se tut et j'entendis ses pas légers alors qu'il arrivait dans le couloir, puis dans la cuisine. Mon cœur s'emballa. Je ne me retournai pas, même si je savais qu'il se tenait dans l'embrasure de la porte.

Probablement à regarder mes fesses.

Il s'approcha.

J'ignorai sa présence.

— Tu nettoies le même endroit depuis quarante secondes maintenant.

Sa voix de baryton traversa mon corps comme un soleil noir.

— Vous êtes en train de compter ?

Ma voix semblait rauque et étrange. Je m'arrêtai et lançai l'essuie-tout roulé en boule dans la poubelle, ne me retournant toujours pas.

— Je croyais que vous étiez censé tout nettoyer, ajoutai-je.

— Tu recommences à l'ouvrir.

Ses deux bras m'encadrèrent contre le plan de travail, mon dos tourné vers lui. Ses dents s'enfoncèrent dans mon épaule.

Mes genoux faillirent céder. Il agrippa mes deux poignets et les cloua sur le plan de travail, se déplaçant à un rythme tranquille. Ma respiration se coinça. L'anticipation bourdonnait. Il tendit la main devant moi et sortit une cuillère en bois de la boîte à ustensiles.

Quand il me frappa avec, je glapis. C'était bien plus sexy en pensée qu'en réalité. Ça faisait un mal de chien.

Il allait vite, donnant de grands coups sur mes fesses à droite et à gauche et je luttai immédiatement, essayant de m'écarter.

— Aïe… stop !

Mon cerveau tournoya pour trouver comment l'arrêter.

— Beurre de cacahuète.

La cuillère cliqueta immédiatement sur le plan de travail devant moi.

— D'accord, pas de cuillère. Mais tu ne pourras pas

utiliser ton mot de sécurité pour éviter de prendre ma queue.

Mon cerveau buta là-dessus un instant – parce que, si : je pouvais. Mais je décidai que ce n'était que des paroles obscènes et je ne voulais absolument pas qu'il arrête. Pas quand je mouillais déjà ma petite culotte.

Il prit mes fesses dans ses paumes et les serra rudement. Cela diminua la piqûre de la fessée qu'il venait de me donner. J'allai à la rencontre de son contact. Il me donna une tape sur les fesses avec le plat de sa main. La sensation était délicieuse. Tellement meilleure que cette fichue cuillère.

— O.K., poupée. Je sais que tu es nulle pour suivre les ordres, mais je vais t'en donner un maintenant. Tu as trois secondes pour que cette petite culotte tombe sur le sol ou je reprends cette cuillère en bois.

— Vous ne pouvez pas…

— Un.

Maudit cinglé d'Italien. J'abaissai d'un coup sec mon pyjama médical et ma petite culotte, retirant mes chaussures en même temps.

— Deux.

— J'ai dit « beurre de cacahuète » à la cuillère, me plaignis-je alors que je sautai sur un pied pour retirer ma jambe de mon pyjama médical.

Junior roulait ses manches avec l'allure d'un père sévère alors qu'il me regardait.

— Trois.

Je retirai l'autre jambe d'un coup de pied et la petite culotte s'envola avec le pantalon. Je la pointai du doigt.

— Ma petite culotte est sur le sol. Vous voyez ?

J'adorai l'ombre d'un sourire qui dansait sur ses lèvres.

— *Brava ragazza.*

Il s'avança et fit passer mon haut de pyjama médical par-dessus ma tête.

Je pris une profonde bouffée de son odeur masculine : du savon et une trace de parfum.

— Qu'est-ce que ça veut dire ?

— Gentille fille.

Il tendit la main derrière moi pour dégrafer mon soutien-gorge. J'étais totalement nue désormais et il était tout habillé. C'était sexy en diable.

— Tu m'entraînes ?

Mademoiselle Esbroufe devait continuer à le provoquer.

Il enroula mon soutien-gorge autour de mon cou et me fit faire volte-face, le gardant ajusté contre ma gorge comme s'il allait m'étouffer avec. Ma main fila vers le tissu et mon corps réagit à la menace par une poussée d'endorphines. Mon intimité enregistra tout comme des préliminaires miraculeux.

— Tu penses que tu es domptable, poupée ? demanda-t-il en tirant sur le soutien-gorge, juste assez pour me rendre nerveuse. Je n'en suis pas sûr.

Il le lâcha, tout aussi abruptement qu'il l'avait utilisé comme arme. Il tomba sur le sol, redevenu un sous-vêtement inoffensif.

— Les mains sur le plan de travail, bébé. Présente-moi ton cul.

Encore une fois, il tendit la main devant moi. Je pensai qu'il allait prendre un autre ustensile dans la boîte, mais à la place il attrapa la bouteille d'huile d'olive. Quand il en fit couler sur ma raie des fesses, je secouai la tête.

— Non, non. Pas question.

Il me couvrit la bouche pour que je ne puisse pas dire mon mot de sécurité.

— Non, bébé. Tu me manques de respect devant mes

frères, tu vas me prendre par-derrière. Même si ce n'est que mon doigt.

Que son doigt.

Mince !

O.K., je pouvais gérer ça. N'est-ce pas ?

Seigneur, j'étais toute nerveuse et émoustillée. Mon excitation coulait le long de mes cuisses. Junior passa un doigt sur mon anus, tourna autour et le massa.

Ça n'aurait pas dû être aussi agréable, mais ça l'était. Érotique, plaisant. *Mal.*

Mais tellement approprié.

Il fit pénétrer son doigt – ou peut-être son pouce – dans mon orifice étroit. J'inspirai profondément et me forçai à détendre l'anneau de muscles pour le laisser entrer. Ce n'était pas douloureux, mais horriblement gênant. C'était un plaisir humiliant. À chaque fois qu'il faisait un va-et-vient avec son doigt, mon intimité devenait plus humide.

Je commençai à gémir. Mes jambes tremblaient. Il continua, me prenant minutieusement par-derrière. Me montrant qu'il me possédait. Il laissa son doigt profondément enfoncé et me frappa la partie inférieure de la fesse, là où elle rejoignait la cuisse. Il me fessa encore et encore, tournant son doigt en moi pendant tout ce temps.

— Hum, grognai-je.

— Tends la main entre tes jambes et sens comme je t'ai fait mouiller.

En fait, je mourais d'envie de me toucher. J'obéis immédiatement et découvris mon sexe gonflé et dégoulinant. Mes doigts s'enfoncèrent dans mon intimité sans même que j'en aie l'intention. Il retira doucement son doigt de mon anus et se déplaça sur ma droite pour se laver les mains dans l'évier.

J'activai mes doigts entre mes jambes parce que mon

intimité mourait d'envie d'avoir de l'attention. Les tissus étaient gonflés et humides, chargés d'excitation.

Junior revint quelques secondes plus tard, plaçant ses doigts au-dessus des miens, agaçant mon clitoris.

— Tu adores te faire prendre par-derrière, n'est-ce pas, poupée ?

Je ne pus que gémir. J'étais excitée et en manque désormais. Mon intimité se languissait qu'il la remplisse.

— N'est-ce pas ? répéta-t-il.

Il me fessa.

J'aurais voulu dire non. Vraiment. J'avais encore peur de la sodomie. Mais bon sang, je chuchotai la vérité.

— Oui.

— Manque-moi encore de respect devant d'autres personnes et tu recevras ma queue dans le cul, dit-il en me mordillant l'oreille. *Capiche* ?

Il chuchota le dernier mot, son souffle chaud me caressant l'oreille.

Mon intimité se resserra et il le sentit, astiquant plus fort mon clitoris.

— *Capito*, murmurai-je.

— Gentille fille.

Il serra mes hanches et s'accroupit, leva un de mes genoux vers le plan de travail et me lécha.

— Oh bon sang, Junior.

Je ne savais même pas qu'il était possible d'avoir un cunni par-derrière.

Oh, mais ça l'était. Et Junior Tacone savait totalement ce qu'il faisait. Il me léchait, me suçait et me mordillait. Il me pénétra avec sa langue raidie. Me pénétra avec ses doigts pendant qu'il me léchait, me suçait et me mordillait.

La pièce s'emplit du son de mes cris… le sexe silencieux ne faisait pas partie de mon répertoire.

Il se lécha les lèvres.

— Tu as si bon goût, bébé.

— Junior.

Ma voix n'était plus qu'un geignement parce que je voulais vraiment jouir.

Il se leva. Je me retournai, j'avais besoin d'être baisée. J'avais besoin de m'offrir. Mais il secoua la tête.

— Fais face au plan de travail.

Ses lèvres étaient brillantes de mes fluides, sa voix semblait avoir baissé de trois octaves par rapport à d'habitude. Il sortit un préservatif de sa poche et l'ouvrit.

— *Maintenant*, bébé.

J'étirai ma lèvre inférieure entre mes dents alors que je me retournai et appuyai les mains sur le plan de travail.

Il souleva un de mes genoux comme il l'avait fait quand il m'avait sucée et s'enfonça en moi. Un bon coup de reins et il était enfoui profondément.

Je criai et fermai les yeux de plaisir. Il commandait mon corps... soulevant fermement ma cuisse avec sa main tout en appuyant l'autre sur le plan de travail pour que je me retrouve encadrée de ses bras, et il me pilonna.

Mes yeux se révulsèrent et un flot de charabia s'échappa de ma bouche... une partie en anglais, une partie en espagnol. Bon sang, je ne sais pas, j'essayai probablement de lui parler en italien.

Sa respiration devint irrégulière. Sa main se resserra sur ma jambe.

— Oui, Junior, s'il te plaît, implorai-je, parce que j'y étais presque – à deux doigts – et je voyais bien que lui aussi.

Ses coups de reins devinrent erratiques, puis il s'enfonça si fort que je ne pus plus décoller du bord du plan de travail. Je le heurtai et poussai un petit cri de douleur.

— Désolé !

Junior haletait tout en se retirant et en me faisant faire

volte-face. Il prit mon menton dans sa main et regarda mon visage.

— Ça va ? demanda-t-il.

— Ne t'arrête pas, suppliai-je, même s'il l'avait déjà fait.

Il me souleva par la taille et m'assit, les fesses nues sur le plan de travail, puis m'écarta largement les jambes et me lécha de nouveau. J'agrippai sa tête alors qu'il me léchait avec ferveur. Je tirai sur ses cheveux, hurlant assez fort pour réveiller tous les voisins.

Il marqua une pause, levant les yeux vers moi.

— Ne jouis pas, m'ordonna-t-il, employant sa voix sévère de Don.

Il passa la langue sur mon clitoris.

— Ne jouis jamais avant que je ne t'en donne la permission. Compris ?

Je hochai rapidement la tête, prête à faire ce qu'il fallait pour jouir.

Il me souleva du plan de travail et j'enroulai les jambes autour de sa taille. Il me porta dans la salle de séjour où il me déposa sur le canapé et me fit pencher en avant sur l'accoudoir rembourré.

— J'ai besoin que tu sois là où je peux te pilonner aussi fort que tu le mérites, expliqua-t-il.

Cette position était en fait idéale... l'accoudoir rembourré du canapé amortissait mes hanches, la hauteur et l'angle étaient parfaits. À l'instant où il me pénétra, j'étais prête à jouir. Chaque coup de reins m'enflammait. L'intérieur de mes cuisses tremblait et vibrait, ma voix bredouillait dans ma gorge.

Puis il enfonça de nouveau son pouce entre mes fesses.

La sensation d'avoir mes deux orifices emplis en même temps déclencha des feux d'artifice derrière mes paupières.

Junior me pilonnait, me maintenant captive de son pouce, me possédant de nouveau.

— Tu vas être une gentille fille maintenant ? Hein, poupée ? Tu continueras à être insolente à chaque occasion ?

— Oui… non !

Je ne trouvais pas les bons mots pour obtenir ma récompense. J'étais tellement avide de jouir que j'aurais dit n'importe quoi.

— Junior, Seigneur, s'il te plaît.

Il jura et s'enfonça violemment, heurtant mes fesses de son aine encore quatre fois avant de crier.

Je ne jouis pas. Peut-être parce que son pouce dans mon anus me maintenait ouverte… comme si mon corps ne voulait pas se contracter dessus. Je ne sais pas comment il s'en aperçut, mais il retira son pouce, tendit la main à l'avant de mes hanches et tritura mon clitoris.

— Jouis, Desiree.

Ce fut tout ce qu'il fallut. Je décollai comme une fusée, tout mon corps convulsant alors que j'enserrai sa verge.

La pièce tournoyait.

Junior

— Comment as-tu su ? demanda Desiree d'une voix rauque.

Pendant un étrange instant, je crus qu'elle parlait de son fils disparu.

— Su quoi, poupée ?

— Que je n'avais pas joui ?

J'émis un petit rire.

— Bébé, tu ne t'es jamais arrêtée de supplier.

Cette femme était hors norme question cris sexuels. Enfin, elle aurait pu être une star du porno. Une femme ne m'avait jamais montré autant de plaisir de ma vie.

— Vraiment ?

— Je pensais que tu étais particulièrement obéissante parce que je t'avais dit de ne pas jouir.

Je me retirai, la soulevai et la fis se retourner. Elle retomba pour s'asseoir sur le bord du canapé, comme si elle tremblait trop pour se tenir debout.

— Est-ce que tu as du mal à franchir la ligne d'arrivée ?

Je ne savais pas pourquoi je parlais par métaphore quand je lui avais déjà dit tous les trucs salaces de la planète.

Elle repoussa brusquement ses cheveux épais de son visage rougi.

— Ouais. C'était dur avec quelque chose dans l'anus.

Je penchai la tête. Encore une fois, peut-être que je l'avais mal analysée. J'étais sûr qu'elle avait apprécié la stimulation anale.

— Parce que ça faisait mal ?

Elle se mit à rire, appuyant le front contre mon torse comme si elle devait cacher son visage pour parler de ça.

— Non, c'était simplement différent, c'est tout. Je ne voulais pas me tendre quand j'étais maintenue ouverte.

J'émis un autre petit rire et caressai sa nuque.

Après une minute, quand nos respirations eurent ralenti, elle leva la tête.

— Tu ferais mieux de sérieusement désinfecter ce plan de travail. Je n'arrive pas à croire que tu m'aies posée fesses nues dessus.

Un rire surpris m'échappa.

— Je te promets que je vais y passer une tonne d'eau

de Javel. Et oui, c'était mon boulot de tout nettoyer ce soir, mais j'ai été distrait par un appel téléphonique. Je suis désolé, je ne voulais pas te laisser le bazar.

Si quelqu'un qui me connaissait avait été présent, il m'aurait secoué dessus en me demandant ce que j'avais fait du vrai Junior Tacone, parce que je ne m'excusais jamais. C'était un trait de personnalité que mon père m'avait inculqué. Même s'il était peut-être aussi le gars qui m'avait appris qu'aucune de ses règles ne s'appliquait à la femme qu'on avait dans sa vie.

Même sans me connaître, Desiree sembla surprise.

— Je ne faisais que te charrier. Si je n'avais pas eu envie de faire la vaisselle, je l'aurais laissée pour que tu la fasses demain matin.

Je souris. J'étais content qu'elle sache que je ne m'attendais pas à ce qu'elle cuisine et fasse le ménage pour moi. Qu'elle le fasse quand même provoquait des choses étranges dans mon torse.

— Bien.

Mais la réalité reprit ses droits. Desiree était mère. Elle avait un fils de cinq ans dont j'allais m'assurer qu'il rentre avec elle. Elle n'allait pas rester là à cuisiner et faire le ménage pour moi. Elle ne voudrait pas amener son petit garçon à proximité de moi.

Et c'était comme ça que ça devait être.

J'étais dangereux. J'apportai les ténèbres et la haine à tout le monde autour de moi, moi y compris.

La dernière chose dont Desiree Lopez avait besoin, c'était d'être entachée par quelqu'un comme moi.

CHAPITRE SEPT

Desiree

— Écoute, poupée, dit Junior en prenant mon menton à sa manière sévère. Je vais faire un tour et nous ramener du café si tu promets de ne pas prendre la fuite. Avons-nous dépassé ce stade maintenant ?

— Puis-je revoir mon téléphone ?

Il m'avait laissé vérifier mes textos et mes messages la veille – en regardant par-dessus mon épaule tout le temps, bien sûr. Il y avait eu une réponse de ma mère, mais rien d'autre. Pas de nouvelles de l'enquêteur privé ni du travail.

— Je ne sais pas pourquoi tu penses que c'est une négociation. Ce que tu gagnes dans ce deal, c'est du café chaud et peut-être une pâtisserie. Je te demande si tu vas rester là ou si je dois t'attacher au lit. Parce que, bébé, je le ferai. Et nous savons tous les deux que ça te plairait.

Sa voix s'approfondit sur les derniers mots et j'en sentis la vibration dans tout mon corps.

Il avait tellement raison. La chaleur envahit mes parties

intimes à ses mots. Tout de même, je continuai à présenter mes exigences.

— Laisse-moi le voir.

Il fourra la main dans sa poche et en sortit mon téléphone.

— Tu n'as pas de messages, dit-il en passant le doigt sur l'écran pour ouvrir mes textos et me les montrer. Oh attends, tu en as un nouveau.

Il me montra l'écran. Ma collègue et amie Lucy avait envoyé un texto : « *Tu es malade ?* »

— Je peux répondre ? Lui dire la même chose qu'à ma mère ? C'est une bonne amie.

Il hocha la tête et me regarda de près alors que je tapai une réponse, comme s'il cherchait un signe que je voulais mon téléphone pour une autre raison.

Ce n'était pas le cas. Je n'allais pas appeler à l'aide ni essayer de m'enfuir. J'avais peut-être été contrainte, mais maintenant que nous avions conclu notre marché, j'allais m'y tenir.

« *Je me suis fait porter pâle, mais en fait j'ai un boulot de soins à domicile qui me paie le double cette semaine. Ne le dis à personne !* » Puis j'ajoutai trois émojis de sacs de billets. Elle savait à quel point j'avais besoin de cet argent et me soutiendrait totalement dans cette décision.

Même si ce n'était pas vraiment *ma* décision.

Quand j'eus terminé, je lui rendis le téléphone.

— Je vais prendre un *latte* et un sandwich aux œufs, s'ils en ont. Où vas-tu ?

— Au Starbucks. Jambon fromage ?

— Oui, s'il te plaît.

— Tu vas rester ?

Il ajouta cette note d'avertissement dans sa voix qui me faisait mouiller ma petite culotte.

Je le poussai vers la porte.

— Bien sûr que je vais rester. J'ai besoin de mon café. Prends-en un grand, *capiche* ?

Son petit rire profond envoya des frissons de plaisir à travers mon corps.

J'aimais le faire rire. Beaucoup trop. Je devais protéger mon cœur contre cet homme parce qu'il s'y faufilait bien trop rapidement.

— Écoute, je ne vais pas appeler de garde du corps parce que je reviens tout de suite, mais garde la porte verrouillée et ne réponds à personne.

Un frisson me traversa, mais je hochai la tête.

Il s'en alla et je retournai à l'étage pour nettoyer et panser les blessures de Gio, puis vérifier ses signes vitaux.

Quand la sonnette retentit, je me figeai.

D'accord, je n'étais pas censée y répondre. Devais-je appeler Junior ?

Elle retentit de nouveau, plusieurs fois, rapidement. Comme si c'était quelqu'un qui connaissait bien Junior. Absolument pas un vendeur à domicile.

— Junior ? appela une voix de femme.

Une vague de froid me submergea. Il y avait une femme ? Bien sûr qu'il y avait une femme. C'était un homme puissant et plein aux as. Il avait probablement un petit groupe de femmes qui lui tournait autour en permanence.

Mon estomac vide se retourna.

Elle sonna encore, plusieurs fois et rapidement.

Beurk. J'allais sérieusement vomir. Je me tenais sur le palier, fixant la porte d'entrée. Comme si je pouvais faire partir cette petite traînée par ma vision laser.

Une clé tourna dans la serrure. Oh mon Dieu. Qui était-ce ? Elle avait une clé ?

Ce n'était pas une pouffiasse. C'était une petite amie sérieuse.

La porte s'ouvrit et une femme très jolie et très jeune entra.

— Junior ?

Elle leva le regard vers les escaliers, écarquillant les yeux quand elle me vit.

— Oh mince, dit-elle puis elle grimpa quatre à quatre les escaliers dans ma direction.

Je me figeai, mon ventre plus tendu qu'un tambour. Était-elle une petite amie dérangée qui venait m'attaquer ? Mais elle passa à côté de moi comme si je n'existais pas, et entra dans la chambre de Gio.

— Gio ! s'écria-t-elle avec de la peur dans la voix. Oh mon Dieu, que s'est-il passé ?

Et puis elle se retourna brusquement pour me regarder de nouveau.

— Où est Junior ?

— Qui êtes-vous donc ? demandai-je, même si je n'avais probablement pas le moindre droit d'exiger quoi que ce soit.

Non, rien à faire. Il avait couché avec moi. Je pouvais avoir autant d'exigences que je voulais.

Le bruit de la porte d'entrée qui s'ouvrait arriva d'en bas. La femme n'attendit pas que je réponde, mais fonça vers le seuil de la chambre.

— Junior, c'est quoi ce bazar ?

Je me précipitai aussi sur le seuil, et fis de mon mieux pour le tuer d'un regard noir. Il lâcha un flot de mots italiens colériques, posa le plateau à boissons et le sac de Starbucks sur une table basse et monta les escaliers, l'air sombre.

Une ex-petite amie, alors. Elle devait être une ex-petite amie, parce qu'il n'avait pas l'air coupable, il avait l'air énervé.

— Qu'est-ce que tu fiches là ?

— Qu'est-il arrivé à Gio, bon sang ? contra-t-elle avant d'agiter une main vers moi. Et qui est-ce ? Je n'arrive pas à croire que tu aies impliqué une infirmière quelconque là-dedans.

— Comment es-tu entrée ? lui demanda-t-il.

Il regarda derrière elle pour s'adresser à moi.

— Tu l'as laissée entrer ?

Elle n'était absolument pas la bienvenue. Le nœud de jalousie dans ma poitrine commença à se dénouer.

— Elle avait une clé, répondis-je en la regardant de plus près, puis cela me sauta brusquement aux yeux et me frappa de soulagement. Alessia.

La petite sœur de Junior. Je l'avais vue sur des photos quand je m'occupais de sa mère, mais elle était à l'université. Elle avait été diplômée en décembre, me semblait-il. Ou elle était censée l'être.

Elle tourna un regard surpris vers moi.

— Desiree s'est occupée de maman après son opération, expliqua Junior, comme si c'était la question la plus importante.

Alessia pointa Gio du doigt.

— Quand allais-tu nous le dire ?

Les yeux de Junior s'étrécirent.

— Jamais. Bon sang, pourquoi es-tu ici ?

— Stefano et Nico sont passés hier. Et maman s'est inquiétée parce que toi, tu n'es pas passé, et elle savait qu'ils étaient là pour une bonne raison. En plus, Paolo agit bizarrement et Gio ne répond pas à son téléphone, dit-elle en agitant une main vers lui. *Évidemment.*

Junior passa une main dans ses cheveux, les ébouriffant.

— Alors maman t'a envoyée ?

— Eh bien, j'ai dit que je découvrirais ce qui se passait, dit-elle, et ses yeux s'emplirent brusquement de larmes.

Seigneur, Junior, c'est quoi ce bazar ? Est-ce qu'il va s'en sortir ?

— Oui.

Junior et moi répondîmes en même temps.

Je ne savais pas pourquoi j'avais l'impression que je devais soutenir Junior vis-à-vis de sa famille. C'était le caïd, après tout. Mais ils agissaient tous comme s'il était le méchant, et ça m'agaçait sérieusement.

Elle m'interrogea du regard. Je supposai que ça tombait sous le sens… j'étais celle qui était habillée comme une infirmière.

— La balle l'a traversé proprement, lui dis-je. Pas de dommages apparents au niveau des organes, pas de grosse perte de sang. Les blessures guériront toutes seules avec du temps et du repos. Il reçoit des antidouleurs, des antibiotiques et des sédatifs, alors il ne souffre pas. Il n'y a pas de raisons de croire qu'il ne récupérera pas complètement.

Deux larmes coulèrent sur ses joues et elle hocha la tête.

— Je ne demanderai pas ce qui s'est passé, marmonna-t-elle.

— Bien, dit Junior. Et je ne veux pas que tu le dises à maman non plus.

Elle leva les bras au ciel.

— Je ne vais pas mentir ! Elle sait qu'il se passe quelque chose, Junior. Tu ferais mieux de trouver quoi lui dire toi-même, mais ne me demande pas de mentir pour toi.

— Tu vois, c'est pour ça que tu ne devrais pas être là, Lessa. Et pourquoi as-tu une fichue clé de chez moi ?

— Tu m'as demandé de garder ta maison l'année dernière quand tu es allé au Vieux Pays, tu te souviens ?

— Ah ouais.

Elle me lança un coup d'œil.

— Pourquoi a-t-elle le droit d'être ici, mais pas ta propre sœur ?

Junior lui lança un regard cinglant.

— T'es une satanée infirmière ?

— Tu sais ce que je veux dire.

Junior secoua la tête.

— Ne me pose pas de question sur le business. Tu es plus maligne que ça.

Elle roula des yeux.

— On dirait papa.

— Et c'est exactement pour ça que je ne devrais pas avoir à te dire ces âneries. Rentre à la maison. Dis à maman que tout va bien. Je viendrai la voir la semaine prochaine. Ne reviens pas ici sans y avoir été invitée.

Alessia secoua la tête.

— Tu es un véritable enfoiré, Junior.

Je me mordis la lèvre pour m'empêcher de lui dire ses quatre vérités.

Elle se retourna et descendit les escaliers, et Junior et moi la suivîmes. À la porte d'entrée, elle se retourna et tendit sa joue à Junior, qui l'embrassa sur les deux, comme s'ils ne venaient pas de se crier dessus. Quelque chose là-dedans me réchauffa le cœur.

Cette famille n'était pas si différente de la mienne. De celle de n'importe qui. Ils se chamaillaient et avaient leurs problèmes. Mais ils s'aimaient et s'inquiétaient les uns pour les autres comme tout un chacun.

Junior marmonna quelque chose en italien. Je n'arrivai pas à trouver la traduction, mais cela ressemblait à un simple au revoir.

— *Grazie*, répondit-elle. Ravie de vous avoir rencontrée, me dit-elle.

— Dites à votre mère que je lui passe le bonjour, dis-je, parce que je ne me sentais pas aussi chaleureuse envers elle qu'envers sa mère. Ou… plutôt, ne le faites pas… puisque vous ne lui direz pas ce qui se passe, balbutiai-je.

Elle agita la main alors que Junior la mettait pratiquement à la porte.

— Tu n'as pas la place du frère le plus populaire cette semaine, n'est-ce pas ? dis-je lorsqu'elle fut partie, pour alléger l'ambiance.

— Je gagne systématiquement celle du plus antipathique, dit-il sombrement.

Son visage avait retrouvé ce masque fermé qu'il portait habituellement, et cela me brisa un peu le cœur de penser que sa famille le détestait. Il sortit un des cafés du plateau et me le tendit.

— Eh bien, tu restes la prunelle des yeux de ta mère, dis-je, ce qui était vrai.

Cette femme s'illuminait pratiquement à chaque fois qu'il venait lui rendre visite. Même si elle parlait avec fierté de tous ses enfants. Je pris une gorgée et gémis de plaisir.

Junior s'immobilisa, son regard fixé sur mes lèvres.

J'ai apprécié le spectacle. C'était ce qu'il avait dit le premier soir en me regardant manger de la glace. Mes parties intimes commencèrent à me picoter. Savoir que j'excitais cet homme puissant par la simple action de boire du café ou de manger de la glace me donnait un énorme regain de confiance en moi.

Je soutins son regard en prenant une autre gorgée. Cette fois, le gémissement de plaisir que je lui donnai était volontaire.

— Ça fait du bien, murmurai-je. Merci.

— Tu as probablement apprécié de me regarder me faire casser les noix par la petite princesse, n'est-ce pas ?

— En fait, je voulais la jeter dehors, répondis-je honnêtement.

Son expression s'adoucit et ses traits crispés se détendirent d'affection. Il secoua la tête.

— Tu es vraiment quelqu'un de spécial, poupée.

— Ouais, sauf que lorsqu'elle est entrée avec sa clé, je ne voulais pas que tes noix soient simplement cassées, je voulais qu'elles soient coupées.

Il s'étouffa avec son café.

— Je croyais que tu avais une petite amie dont tu ne m'avais pas parlé, dis-je en posant une main sur ma hanche. Y a-t-il d'autres femmes, Tacone ?

Il me lança un sourire prétentieux.

— Oh, maintenant c'est Tacone, hein ? Non, bébé. Pas de petites amies, répondit-il avant que son sourire ne s'efface. Je suppose que je devrais te dire que je n'ai jamais officiellement divorcé de mon ex-femme. Mais nous sommes séparés depuis dix ans.

Je clignai des yeux.

— Pourquoi ?

Il haussa les épaules et je regardai son visage de près. Il me tendit le sac de Starbucks.

— Voilà ton sandwich.

Je l'attrapai, plissant les yeux.

— Non, vraiment, Junior. Pourquoi n'as-tu pas divorcé ?

— Elle ne voulait plus partager ma vie, alors je l'ai laissée partir. Mais elle souffre de dépression. Elle ne peut pas travailler. Je suis encore responsable d'elle.

Un goût amer m'emplit la bouche. Seigneur, si je me sentais jalouse de la petite amie imaginaire, ce n'était rien comparé à ce que je ressentais en sachant qu'il soutenait toujours financièrement son ex-femme. Enfin, encore sa femme, techniquement.

Je savais que c'était lié à mes propres problèmes avec l'argent et les hommes. Abe dépensait toujours notre argent. Il n'avait jamais participé aux dépenses du ménage. Et bien sûr, depuis qu'il avait disparu, depuis qu'il avait enlevé Jasper, je ne vivais avec rien, avec tout mon salaire qui servait à payer encore l'avocat du divorce que j'avais dû engager pour avoir la garde, et désormais l'enquêteur privé.

Alors l'idée qu'une femme abandonne Junior et joue les personnes trop fragiles pour pouvoir travailler pour qu'il continue à l'entretenir ? Cela remua le couteau dans la plaie. Puis une autre pensée me traversa l'esprit.

Peut-être que c'était la situation qu'il avait choisie pour pouvoir coucher avec qui il voulait, mais qu'elle devait rester liée à lui pour toujours. Cela semblait être le genre de chose qu'un *mafioso* jaloux ferait. Je penchai la tête sur le côté.

— Alors est-ce qu'elle couche avec d'autres hommes ?

Le dégoût traversa son visage.

— Bon Dieu, non. J'en doute sérieusement. Il ne vaudrait mieux pas.

Le couteau remua plus profondément.

— « Il ne vaudrait mieux pas ? » Tu es sérieusement un enfoiré, Junior.

— Ah ouais ?

Il avait l'air légèrement énervé, légèrement perplexe.

— J'ai compris. Tu veux avoir des plans cul autant que tu veux, toute la liberté, mais la garder sous clé en tant que Mme Tacone pour le reste de sa vie. Très convenable de ta part.

Sa lèvre s'incurva.

— Tu ne sais pas de quoi tu parles. Ce n'est pas ça. Pas du tout.

Je croisai les bras sur ma poitrine.

— Vraiment ? Eh bien alors explique-moi.

Il pinça les lèvres. Son regard était impassible. C'était

bel et bien le redoutable Junior qui me regardait. Nous clignâmes des yeux pendant une minute, puis il fit un signe vers la cuisine.

— Va manger ton fichu petit déjeuner.

— D'accord, dis-je, ma main serrant le sac de nourriture. Tu viens de me remettre à ma place, n'est-ce pas ?

Je me retournai et allai dans la cuisine, sans attendre sa réaction.

Cette fois, j'étais absolument sûre qu'il n'était pas excité par mon attitude de défi.

Il n'y aurait pas de sexe punitif cette fois-ci.

Pas que ce serait bienvenu.

Non, je l'avais mis face à ses conneries, et il n'avait pas voulu en entendre parler.

Mais c'était bien comme ça. Désormais, je savais quel genre d'homme il était. Comme si je ne le savais pas déjà. Je m'étais bercée d'illusions en pensant qu'il pourrait y avoir quelque chose de plus chez lui, sous l'extérieur effrayant.

Mais c'était faux.

C'était le genre d'homme qui consumait les gens. Et si je me retrouvais coincée dans sa toile, je serais consumée aussi. S'il décidait que je lui appartenais, il me garderait prisonnière pour toujours.

Junior

Je m'envoyai un autre scotch et soupirai.

J'avais tout le monde dans la rue à la recherche de Vlad, mais les Russes se terraient complètement. Personne ne savait où trouver ce gars. J'aurais dû être satisfait qu'il se cache, mais je ne l'étais pas. Parce qu'il préparait probablement sa vengeance. Ce qui signifiait que je devais le trouver et le tuer avant qu'il ne me trouve.

À l'étage, j'entendis la télévision s'éteindre. Je m'étais tenu à une distance respectueuse de Desiree toute la journée, et elle se comportait de manière complètement professionnelle avec moi.

Je ne sais pas pourquoi je n'avais pas cru que mon statut marital serait rédhibitoire pour Desiree, mais je n'y avais pas pensé. Bon sang, si j'avais eu la moindre idée que sa réaction serait si négative, je ne lui aurais jamais dit.

Non, ce n'était pas vrai.

Cela aurait été pire si elle l'avait appris par un de mes frères, et *Madonna*, je savais que l'un d'eux aurait été heureux de le lui balancer juste pour m'avoir.

Mais insinuer que Marne était une femme entretenue... comme si je ne voulais pas divorcer d'elle parce que je ne voulais pas la laisser partir était loin du compte.

J'aurais adoré qu'elle continue sa vie. Qu'elle rencontre un autre enfoiré qui prendrait soin d'elle. Me soulagerait de la culpabilité et de la saleté d'ombre qui planait toujours au-dessus de moi. Ce que nous aurions pu être sans notre tragédie. Le noyau familial heureux.

Oh, *merda*. Peut-être que ce n'était pas vrai. Il était possible que Desiree ait raison. J'étais un enfoiré possessif et je ne voulais pas qu'elle fasse sa vie sans moi.

Non. Non. Je ne pensais pas que c'était vrai. Si elle avait eu un peu d'amour-propre, si elle avait repris sa vie en main... trouvé un travail. Peut-être avec une bonne thérapie. Si elle était venue à moi et m'avait dit qu'elle était tombée amoureuse d'un autre gars, je l'aurais embrassée sur les deux joues et lui aurais dit que j'étais heureux pour elle. Je le jure devant Dieu.

Enfin, elle aurait pu demander le divorce. Je ne lui avais jamais dit qu'elle devait rester mariée avec moi. Bon sang, elle aurait pu divorcer et prendre la moitié de tout ce que je possédais. Ce n'était pas comme si elle devait rester liée à moi pour avoir de quoi manger sur la table. Elle vivrait probablement mieux si elle divorçait.

Mais peut-être qu'elle avait trop peur de moi.

Je ne lui avais jamais fait de mal… je ne lui avais même jamais tapé sur les fesses, mais elle avait toujours été un peu nerveuse. Elle savait ce que j'étais. Et elle pensait aussi que je lui en voulais pour Mia.

Peut-être que c'était le cas, je ne savais pas. Les ténèbres dans cette maison nous avaient consumés tous les deux après la mort de notre petite fille.

Tout ce que je savais, c'était que je portais le poids de tout ça, juste au centre de ma poitrine. La culpabilité de ne pas savoir comment gérer mon chagrin. De ne pas pouvoir aider Marne avec le sien. La culpabilité de ne plus vouloir partager sa vie. De ne plus vouloir vivre dans cette maison avec tous les souvenirs.

Ce que j'avais eu avec Desiree… c'était terminé désormais, je le savais. C'était comme un plafond coulissant qui s'était ouvert sur ma vie. La lumière du soleil qui s'était déversée et m'avait réchauffé, même avec toutes les embrouilles habituelles, comme l'inquiétude que je ressentais pour Gio et la colère de mes frères et sœurs sur mes façons de faire.

Mais ce plafond s'était refermé. On ne pouvait pas me démêler de la toile sombre qui était ma vie. Celle que mon père avait créée pour moi et que j'avais tissée encore plus serrée autour de moi. Je ne serais jamais libéré de Marne, ou de ma responsabilité de diriger *la Famiglia*. Ni des blessures que j'avais infligées à tous mes proches en jouant toujours les enfoirés.

Il était inutile de penser à ce qui aurait pu être différent… à ce qui serait possible si je divorçais de Marne, parce que Desiree avait déjà ouvert les yeux.

Elle était trop maligne pour me donner une partie d'elle-même.

Parce que je la prendrais.

Je la consumerais.

Et Dieu sait que je ne la laisserais jamais, jamais s'échapper.

C'était pour ça qu'elle était tellement offensée que je n'aie pas divorcé. Ce n'était pas parce qu'elle était énervée que j'ai fricoté avec elle alors que je n'étais pas libre, même s'il y avait peut-être un peu de ça. Non, c'était parce qu'elle avait identifié la sombre vérité du sujet. Elle pourrait tout aussi facilement finir au bout de ma laisse. Et ce n'était pas un endroit où elle voulait être un jour.

CHAPITRE HUIT

Desiree

Je rêvai de Jasper dans son lit qui m'appelait en pleurant. J'essayai de le réconforter, mais il ne pouvait pas sentir mes bras, il n'entendait pas mes mots. J'étais un fantôme pour lui.

Je me réveillai au son du grognement de Gio. Je me souvins que c'était l'anniversaire de Jasper avant même d'ouvrir les yeux. Cela faisait quatre jours que Junior m'avait kidnappée et m'avait amenée ici pour m'occuper de Gio. Cela me semblait des mois. Et ce que j'aurais voulu en cet instant, c'était simplement être chez moi, où je pourrais pleurer dans mon oreiller toute la journée sans voir personne.

Bien sûr, je savais que ce jour approchait. Je le sentais comme un compte à rebours qui m'entraînait vers un effondrement massif. Le poids m'écrasait la poitrine. J'avais l'impression d'avoir deux cents ans alors que je sortais lentement du lit.

Je vérifiais les signes vitaux de Gio et ajoutai des anti-douleurs à sa perfusion avant de me diriger vers la douche.

Les larmes commencèrent à couler pendant que j'étais sous la douche et elles ne s'arrêtèrent pas. Pas carrément des sanglots, davantage comme un goutte-à-goutte régulier. Un robinet qui fuirait et ne voudrait pas se fermer.

Bon sang.

Je sortis de la douche, m'essuyai et m'habillai… une tenue rouge ce jour-là.

Les larmes continuaient à couler.

Elles coulèrent sans arrêt pendant que je nettoyais les blessures de Gio et que je lui mettais de nouveaux bandages.

— Hé.

Junior se tenait dans l'embrasure de la porte, tenant mon téléphone. Il aperçut mes larmes avant que je ne les efface rapidement.

— Ça va ? me demanda-t-il.

— Ouais, dis-je avec détermination.

Comme si j'allais d'une manière ou d'une autre rendre ça vrai.

— Que s'est-il passé ?

— Rien. Je ne veux pas en parler.

J'attrapai mon téléphone dans sa main, puisque je présumais qu'il me l'apportait parce que j'avais reçu un message. Il refusait toujours de me le donner ou de me laisser l'utiliser sans surveiller mes moindres gestes, mais au moins il vérifiait fréquemment mes messages et me le montrait dès que quelque chose arrivait.

— Un texto de ta mère, me dit-il.

De nouvelles larmes apparurent parce que je sentais déjà sa compassion, son soutien, son amour. Ma mère était tellement liée à moi et à mes émotions que c'en était parfois effrayant.

« Je t'envoie de l'énergie et une lumière guérisseuse pendant cette journée difficile. »

Je reniflai et ravalai simultanément un sanglot. Venant de ma mère, c'était une vraie promesse. En plus d'être infirmière à l'hôpital, elle était également volontaire en tant que thérapeute énergétique, se promenant et donnant des traitements de *reiki* à quiconque en voulait. Et c'était une thérapeute puissante. Parfois, j'aurais pu jurer que c'était elle qui sauvait le plus de vies là-bas.

— Pourquoi est-ce un jour difficile, aujourd'hui ? demanda Junior.

— C'est pas tes oignons, dis-je d'un ton cassant, lui rendant sèchement le téléphone après avoir envoyé un émoji en forme de cœur à ma mère. Déplaçons-le.

Toutes les huit heures, nous retournions Gio sur un côté, sur le dos, puis sur l'autre côté. Même si je pouvais probablement le faire seule, je me faisais aider par Junior, parce que Gio était un gars très baraqué.

Nous le retournâmes, il se réveilla et utilisa le pistolet urinal, jurant en italien tout du long. Junior répondit en italien, utilisant un ton calme et rassurant, et Gio s'apaisa et ferma de nouveau les yeux.

— Nous devrions te faire prendre l'air, dit Junior en me regardant comme si j'allais craquer. Tu en as probablement marre d'être cloîtrée ici. Tu mérites vraiment une pause. Je vais faire venir Paolo pour qu'il reste avec Gio, et je t'emmènerai dans un endroit qui a l'air bien.

Mes lèvres tremblèrent. Je ne pouvais sérieusement pas encaisser Junior, si sympa soit-il en cet instant.

J'aurais vraiment préféré qu'il soit un connard pour que je puisse être irritable et tenir le coup.

— Ou Paolo pourra t'emmener, si tu as besoin d'un moment sans moi.

Il recula d'un pas et fourra les mains dans ses poches.

Ma lèvre s'incurva.

— Je n'irai nulle part avec Paolo.

Junior sortit son téléphone et commença à taper sur l'écran.

— Où veux-tu aller ?

Je haussai les épaules.

— Je ne suis pas vraiment d'humeur, Junior.

— Sans blague, poupée. Je ne te demande pas de sortir avec moi. J'essaie de trouver ce qui serait… je ne sais pas, *profitable* pour toi.

Il fit un grand geste des mains en parlant.

— Profitable ?

— Bienfaisant… quel que soit le mot. Qu'est-ce que tu fais pour te sentir mieux ? Tu vas voir un film ? Tu fais de l'exercice ? Je t'emmènerai à la salle en haut de la rue. Tu peux prendre un cours de yoga, de zumba ou je ne sais quoi.

Je me redressai un peu en entendant le mot zumba et il s'en aperçut. Le cours de danse et de cardio latino était le genre d'exercice que je préférais.

— Tu aimes cette idée ? demanda-t-il en faisant défiler son écran. Il y a de la zumba à 11 heures.

J'ignorais comment il savait que je préférais la zumba au yoga. Cet homme lisait dans les pensées.

Mais il m'était difficile d'imaginer que je pourrais rassembler assez d'énergie pour aller à un cours de cardio en cet instant.

— Je ne sais pas, dis-je.

Il me pointa du doigt, affichant son visage effrayant et sévère.

— Tu vas aller à ce cours de zumba. Et quoi d'autre ? Tu aimes faire des courses ? Une petite cure de shopping ?

Je ricanai.

— Ouais, c'est ça. Avec quel argent ?

— Tu peux dépenser mon fric. Ce serait amusant, non ?

Il pencha la tête pour attirer mon regard.

Un sourire réticent étira mes lèvres.

— Ça pourrait, admis-je.

Maudite soit mon excitation envers les hommes qui dépensaient de l'argent pour moi.

Maudit soit Junior de se pointer comme un chevalier blanc quand j'étais au plus bas.

— Allez, je vais t'emmener prendre le petit déjeuner.

Oh mince. Maintenant ça ressemblait à un rencard. Et il dépensait de l'argent pour moi. Il prenait soin de moi.

Je voulais tellement qu'on prenne soin de moi que cela m'effrayait. Surtout venant d'un homme puissant et riche comme Junior.

Mais c'était exactement ce dont j'avais besoin pour que les barrières restent levées autour de mon cœur. Parce que je craignais déjà qu'il ne soit plus intact quand je partirai d'ici.

— Est-ce qu'il faudrait que je me change ? demandai-je d'un ton dubitatif, regardant mon pyjama médical.

Il haussa les épaules.

— Pas pour moi. Porte ce qui fait que tu te sens bien, poupée.

Ouais, pas de pyjama médical. C'était l'uniforme le plus laid du monde. J'attrapai un jean et un tee-shirt ajusté à manches longues et les emportai dans la salle de bains pour me changer.

Pas que Junior n'ait pas déjà vu tout mon corps.

Mais ce n'était pas le cas de Gio, et je ne voulais pas qu'il se rince l'œil s'il reprenait connaissance.

Junior était encore sur son téléphone quand je ressortis, mais quand il leva le regard, ses yeux lui sortirent légèrement des orbites. Le tee-shirt vert émeraude était sexy… je l'avais apporté exprès pour torturer Junior. Il moulait mes seins et s'ouvrait sur un léger décolleté en V. Le jean était flatteur aussi… il était serré et moulait mes fesses, mais le denim s'étirait un peu, alors il était ultra-confortable. J'enfilai une paire de bottes et gonflai mes cheveux encore humides.

— Bon sang, dit Junior.

— Quoi ?

Il secoua simplement la tête et marmonna :

— Et dire que je pensais que tu étais sexy en pyjama médical.

O.K., je commençais peut-être à me sentir un peu mieux, même si j'avais toujours ce poids qui m'écrasait la poitrine.

J'emballai des vêtements de sport et nous descendîmes les escaliers.

— Quand est-ce que Paolo arrive ? demandai-je.

— Il sera là à temps pour ton cours de zumba. Tout ira bien pour Gio pendant l'heure où nous irons prendre le petit déjeuner.

— C'est ton expertise médicale qui parle ?

Je ne pouvais m'empêcher de lui donner du fil à retordre. C'était comme si j'étais née pour faire ce boulot.

— Je te donnerais bien une fessée, mais j'ai le sentiment qu'aujourd'hui tu m'éclaterais.

Cela me fit presque sourire.

Junior

Je me forçai à faire de l'exercice à la salle de sport, parce que *Dio*, si je regardais Desiree agiter les hanches dans son pantalon de yoga et son débardeur pendant le cours de zumba, j'allais entrer là-dedans, la jeter sur mon épaule et la porter dans la douche des vestiaires. Et laissez-moi vous dire que je ne lui aurais pas lavé les cheveux dans cette douche.

J'envoyai un texto à Earl pour découvrir la signification de cette journée pour Desiree.

Il répondit immédiatement... *« C'est l'anniversaire du petit garçon. »*

Eh bien, merde.

Je savais à quel point ces dates étaient dures. Sauf que mon enfant était morte. Et celui de Desiree ne l'était pas, il lui avait été volé. J'envoyai un autre texto à Earl, lui mettant plus de pression pour retrouver son fils. *« Engage tous les détectives de la ville. Mets-les sur l'affaire,* lui dis-je. *Je veux que ce gamin soit retrouvé pour hier. »*

Remonter le moral des gens n'était pas mon point fort, comme en témoignait l'état mental de ma femme après la mort de Mia.

J'attendis Desiree devant son cours. Bon sang, il n'était pas encore fini et je me rinçai l'œil sur ces hanches qui enflammaient la salle. Le cours dura plus longtemps que prévu mais je ne bougeai pas parce que je ne voulais pas en rater une seule seconde.

C'était pire de savoir ce qu'elle aimait, parce que je commençai à m'imaginer que je la forcerais à coucher avec moi de mille façons obscènes. Mais elle ne voulait pas de ça.

Plus maintenant.

Et le fantasme n'était sexy que si elle aimait ça.

Les cinq minutes semblèrent en durer cinquante, mais finalement le cours se termina et elle sortit, une serviette autour du cou. Je n'osai pas regarder sa poitrine dans ce débardeur moulant, sinon j'aurais eu une érection que tout le monde aurait vue.

— Je vais prendre une douche rapide, me dit-elle. Je te retrouve devant les vestiaires.

Je hochai la tête et regardai ses fesses alors qu'elle s'éloignait. Elle ne se pavanait pas – je voyais toujours de l'abattement dans sa posture – mais elle était bien roulée.

Desiree avait tout pour plaire. Intelligente, impertinente, sérieusement sexy. Je me demandai ce qui s'était mal passé dans son mariage. Ce gars devait être un crétin pour ne pas avoir tout fait pour la garder.

Enfin, à l'évidence il était plus qu'un crétin. C'était une *testa di cazzo*. Il lui avait volé leur enfant.

Je me douchai, me changeai et la retrouvai devant les vestiaires. Ses cheveux étaient encore humides, comme si elle s'était précipitée pour sortir me rejoindre. Et ça gelait grave dehors.

— Retourne là-dedans et sèche-toi les cheveux, lui dis-je. Tu vas geler, bon sang.

Elle roula des yeux.

— Ça ira.

Je lui bloquai le passage.

— Hé.

Je rendis ma voix tranchante, comme si je m'en prenais à un de mes soldats pour manque de respect.

Elle tressaillit un peu, puis me frappa le torse.

— Seigneur, tu es un véritable enfoiré. Est-ce que tu dois sérieusement m'intimider à chaque seconde de la journée ?

Je me sentais peut-être mal, étant donné qu'elle avait une journée de merde, mais c'était bon de revoir l'étincelle en elle. Je lui lançai un regard dur jusqu'à ce qu'elle roule des yeux et se retourne avec un soupir, rentrant dans le vestiaire.

Quand elle ressortit, ses cheveux tombaient en cascade sombre et brillant sur ses épaules, encadrant son charmant visage. Elle les portait toujours en queue-de-cheval, alors je fus momentanément frappé par sa beauté digne d'un mannequin.

Je regardai mon téléphone.

— Pas de message de Paolo. Je t'emmène faire du shopping.

Elle aurait voulu ne pas apprécier, mais je voyais bien que c'était le cas. Je savais qu'elle s'en sortait à peine. Une femme comme elle méritait d'être gâtée.

Nous n'étions pas à proximité des grands centres commerciaux, mais je l'emmenai dans une zone de ma banlieue où il y avait des magasins chics. Je trouvai une place pour me garer dans la rue. J'aurais probablement dû appeler un de mes gars pour servir de garde du corps, parce que Vlad pouvait être n'importe où, mais je ne pensais pas avoir été suivi, et je ne vis rien de suspect.

— Tu as trois mille dollars à dépenser en cinquante minutes. Tu ne pourras pas garder l'argent que tu ne dépenseras pas, et tout ce que tu achèteras devra être pour toi.

Elle s'arrêta et tourna des yeux ronds vers moi, entrouvrant les lèvres.

Je voulais les embrasser.

Mince.

Qu'est-ce qui n'allait pas chez moi ?

C'était une chose de vouloir baiser une fille. Mais l'embrasser ? Je n'avais pas embrassé une femme depuis Marne. Pas une seule.

Je ne sais pas… c'était trop intime. Ou trop émouvant. Ce n'était pas quelque chose que je voulais faire.

Mais ouais, je voulais l'embrasser. Tout de suite.

— Tu es sérieux ? demanda-t-elle d'une voix rauque.

Sérieux au sujet de prendre possession de cette bouche, ouais.

Je fis apparaître une liasse de billets.

— Je vais te suivre comme si j'étais ton fichu *sugar daddy*. Voyons à quelle vitesse tu peux dépenser mon argent.

Elle commença à marcher et ses cheveux soyeux se balançaient derrière elle. Elle me lança un coup d'œil par-dessus son épaule et je fus ravi de voir une étincelle malicieuse dans ses yeux. *Mission accomplie.*

— Y a-t-il un bonus de prévu si je dépense tout avant les cinquante minutes ?

Je haussai les épaules, évasif.

— Il pourrait y avoir d'autres conditions.

Merda. Je n'avais pas voulu commencer à lui lancer des sous-entendus sexuels, surtout ceux qui donnaient l'impression qu'elle était une prostituée, mais elle sembla aimer ça, lançant de nouveau ses cheveux en arrière avec un sourire narquois alors qu'elle s'éloignait en se pavanant.

Elle se dirigea droit vers une bijouterie et je souris. Petite maligne. Elle savait qu'elle pourrait dépenser toute la somme en une fois là-bas. J'étais à fond pour, si c'était ce qu'elle voulait, mais je pensais aussi qu'elle aurait bien besoin de trucs pratiques, comme une nouvelle paire de bottes ou une veste. Je jetai un coup d'œil vers les boutiques, pour enregistrer ce qu'ils avaient. Il y avait un magasin de chaussures, et deux de vêtements.

Je la suivis d'un pas nonchalant dans la bijouterie alors qu'elle se penchait déjà au-dessus des vitrines. Son visage était de nouveau illuminé, ce qui dénoua la tension dans ma poitrine. Elle me lança un coup d'œil par-dessus son épaule, comme si elle s'assurait que je ne la piégeais pas ou que je ne me moquais pas d'elle.

Je levai le menton et haussai les sourcils comme pour dire : « *Est-ce que tu vas le faire ou pas ?* »

Elle eut un sourire alors qu'elle se retournait vers la vitrine. Elle essaya un tas de bagues. Je la regardai un moment pour voir ce qu'elle aimait, puis fis le tour du magasin pour regarder moi-même. Il y avait une magnifique gemme rose, taillée en émeraude, sertie dans d'or à dix-huit carats. Elle coûtait un peu plus de deux mille dollars. Je demandai à la femme derrière le comptoir de l'apporter à Desiree pour voir si elle lui plaisait.

Elle me regarda avec surprise quand on lui présenta la bague, puis elle la glissa à son doigt et la regarda fixement.

— Quelle est cette pierre précieuse ? demanda-t-elle à l'employée.

— De la morganite. C'est une cousine de l'émeraude et de l'aigue-marine. Elle vous va bien.

— En effet, acquiesçai-je.

Je ne savais pas pourquoi je l'avais choisie pour elle – ce n'était pas comme si elle était le genre de femme porter du rose pâle. Peut-être que c'était parce qu'elle était à la fois unique et éblouissante… comme elle.

Desiree regarda son doigt, puis moi, et revint à la vendeuse.

— Je vais la prendre.

Elle avait les épaules bien droites et le menton levé.

J'adorai son esprit de décision. Je sortis ma liasse de billets et comptai vingt-trois billets de cent dollars.

— Est-ce qu'elle est à la bonne taille ? Devons-nous te la faire ajuster ?

Elle la fit tourner autour de son annulaire droit.

— La taille est parfaite.

Je lui lançai un clin d'œil.

Cristo… est-ce que j'avais déjà fait un clin d'œil de ma vie ? J'en doutais sérieusement. Je n'étais pas du genre à faire des clins d'œil. C'était plus le style de Stefano, mon cadet beau parleur.

La vendeuse me rendit la monnaie, glissa l'écrin vide dans un sac avec le reçu, et nous le tendit.

— Profitez-en bien.

— Encore sept cents, murmurai-je à Desiree alors que nous partions. Tu aimes les chaussures ?

— J'adore les chaussures.

Ses joues s'étaient colorées alors que nous sortions – pas un rougissement, mais un rosissement d'excitation. Desiree s'épanouissait totalement avec cette cure de shopping. Bien. Il me manquait peut-être de nombreuses qualités – les bonnes manières, la gentillesse, des mains vierges de sang, un cœur non assombri par la violence et la douleur, mais j'avais de l'argent. Je n'étais pas suffisamment stupide pour penser que je pouvais l'acheter, mais au moins, ce jour-là, je pouvais lui offrir quelque chose.

∽

Desiree

J'aurais dû avoir honte de moi.

J'*avais* honte de moi. Je n'aurais pas dû être excitée par un mafieux qui m'achetait un énorme caillou pour porter à mon doigt.

C'était l'anniversaire de mon gosse, il le passait quelque part sans moi. Avec un peu de chance, il était heureux, en sécurité et à l'aise avec son père. Abe n'avait jamais été un mauvais père. Jamais méchant ou violent, ni même trop négligent. J'étais sûre que Jasper était en sécurité, au chaud et bien nourri. J'imaginai qu'il allait à la maternelle quelque part… j'étais sûre qu'il allait à l'école, en tout cas.

Mais Abe ne m'avait jamais rien offert. Il était le genre de gars à tout séparer en deux dès le début. Et une fois que nous avions été mariés, je payais toujours nos factures, même quand je bossais comme une folle pour réussir l'école d'infirmière. Il travaillait dans la construction et dépensait son argent dans la bière, le shit et pour manger dans des bouis-bouis avec ses potes.

Enfin.

Honteuse ou pas, c'était un fait : ma petite culotte était devenue humide quand Junior avait sorti cette liasse de billets et avait dépensé plus de deux mille dollars pour cette bague. Elle semblait lourde à mon doigt, elle attirait la lumière quand je balançais les bras en marchant.

Je me sentais vraiment aimée en cet instant. Oh Seigneur... pas *aimée* aimée. Mais ouais. Peu importe. Je rejetais peut-être le mot, mais le sentiment était le même.

J'entrai dans le magasin de chaussures et flânai dedans, parfaitement consciente que Junior me suivait, épiait chacun de mes gestes. Ils avaient un tas de chaussures chics que je ne porterais jamais. Enfin, je les porterais peut-être si j'avais une bonne raison, mais puisque ma vie consistait en trois choses, le travail, mes cours de zumba et mon chez-moi, des talons à la mode de quinze centimètres ne m'intéressaient pas.

Comme dans la bijouterie, Junior fit le tour du magasin de son côté et se pointa à côté de moi en tenant une jolie paire de bottes en cuir. J'avais déjà une paire de bottes – que je portais –, alors je ne les regardais même pas. Je laissai tomber mon regard sur mes propres bottes. Usées. En faux cuir. Dans le style qui avait fait fureur trois saisons auparavant.

— J'aimerais les essayer en trente-huit, dis-je à la vendeuse.

Elle hocha la tête et se dirigea vers l'arrière-boutique.

— Alors quoi ? Maintenant tu es mon *personal shopper* ?

Je devais vraiment me montrer plus reconnaissante. Mais étrangement, c'était plus amusant de repousser Junior.

Comme d'habitude, il sembla vaguement amusé par mon attitude, et haussa simplement les épaules.

J'essayai les bottes. Elles m'allaient parfaitement... vraiment confortables. L'étiquette affichait trois cent cinquante dollars, non pas que cela ait d'importance. C'était Junior qui payait.

— Eh bien ? demandai-je.

— Quoi, alors maintenant tu veux mon opinion ?

Un début de sourire étira un coin de ma bouche.

— C'est toi le *personal shopper*, non ?

Il sourit largement.

— Je t'emmènerai faire du shopping quand tu veux.

Je ne savais pas quoi répondre. Ce n'était pas comme si c'était tendre comme des roses et du chocolat. Mais ça l'était en quelque sorte.

Enfin, les mecs ne détestaient-ils pas le shopping ? Surtout si ça voulait dire que la femme dépensait tout leur fric ? Et ce n'était pas comme si j'étais reconnaissante, gentille ou autre. Ce n'était pas comme s'il en retirait quoi que ce soit. Ou pensait-il que si ? Je lui lançai un regard soupçonneux et son sourire s'élargit. Devint plus sauvage.

Eh bien mince. Cela aurait dû m'inquiéter, mais au lieu de ça, cela m'envoya des papillons d'excitation dans le ventre.

— Je vais les prendre, dis-je à la vendeuse. Les avez-vous également en marron ?

— Bien sûr ! dit-elle gaiement en retournant dans l'arrière-boutique.

Elle devait travailler à la commission.

— Tiens, dis-je à Junior, qui explorait un portant de manteaux en cuir. J'ai fini, avec de l'avance.

Junior souleva un manteau en cuir d'agneau retourné avec un col et des poignets en fausse fourrure noire. Je ne l'aurais jamais pris, mais je l'essayai. Il était confortable et chaud, dix fois mieux que mon manteau actuel. Il coûtait mille vingt-neuf dollars.

— J'ai déjà épuisé mon budget, lui rappelai-je.

— Et celui-là, quand il ne fera plus aussi froid.

Junior m'en passa un ajusté et coupé court, plus fin, en cuir huilé avec une ceinture. Lui aussi était très confortable et à la mode. Et ce bijou coûtait quatre cents dollars.

La vendeuse apparut, ravie que je fasse toujours du shopping.

— Ça vous va tellement bien ! s'extasia-t-elle.

Junior attendit qu'elle file, emportant mes bottes au comptoir, pour murmurer :

— C'est vrai.

Il s'approcha de moi et ajusta le col, baissant ses yeux noirs vers moi.

— Ils te plaisent ? Ils sont à toi.

Je m'humectai les lèvres.

— Pourquoi fais-tu ça ?

— Pour te remonter le moral. Est-ce que ça marche ?

Je hochai la tête.

— Ouais, en fait. Ça marche. Merci.

Il pencha la tête et pendant une seconde, je pensai qu'il allait m'embrasser… et je n'étais pas sûre d'être intéressée, surtout dans une boutique, mais il posa simplement son front contre le mien.

— Je n'aime pas te voir pleurer, murmura-t-il.

Ma respiration se coinça. Je poussai son torse très mollement. Un petit coup, en fait.

— Je ne savais pas que tu pouvais faire le gentil.

Il recula et je fus déçue de voir que son masque était revenu à sa place, comme si je lui avais rappelé son attitude d'enfoiré.

— Tu as raison. Ce n'est pas le cas.

Pas du tout de sourire alors qu'il se tournait et allait vers le comptoir, sortant son fric.

Bon sang. Pourquoi fallait-il que je sois une telle garce ?

Junior

J'aurais dû lui donner une limite plus haute. Je ne m'étais pas rendu compte qu'elle essaierait de tout claquer en une seule fois, mais ça ne me dérangeait pas de voir cette bague briller à son doigt et de savoir que je l'y avais mise. Prétendre que je l'avais marquée avec, que j'avais pris possession d'elle.

Elle se dirigea vers la voiture, mais j'émis un son négatif.

— Le temps n'est pas écoulé.

— Ouais, mais j'ai tout dépensé.

Je penchai la tête vers une boutique de vêtements. J'étais un enfoiré, mais je voulais vraiment la voir changer de vêtements. Se mettre sur son trente et un. Parader dans sa tenue. C'était stupide, mais ça m'excitait complètement. J'adorais l'idée qu'une femme s'habille pour son homme. Tournoyant sur elle-même et demandant si elle était jolie, en sachant très bien que oui.

Elle haussa les sourcils, mais je voyais bien qu'elle aimait ça. Beaucoup de femmes étaient excitées quand on balançait de l'argent. Je suppose qu'à un niveau biologique, ça prouvait que l'homme était un bon soutien de famille ou une connerie comme ça. Tout ce que je savais, c'était que dépenser du fric devant une femme faisait de bons préliminaires. Non pas que j'essayais de m'envoyer en l'air.

La boutique n'avait que des jeans de marque... des

rayons et des rayons, avec quelques portants de tee-shirts de marque au milieu du magasin.

Une jeune vendeuse – la seule dans le petit magasin – s'approcha vivement.

— Puis-je vous aider à trouver le jean parfait ?

Desiree me lança un coup d'œil.

— Oui, répondis-je pour elle.

— Génial, est-ce que ça vous dérange si je prends vos mesures ?

La vendeuse, qui avait l'air d'avoir dix-neuf ans et était très sérieuse à propos de ses jeans, dégaina un mètre de couturière.

— Allez-y.

Desiree retira son manteau et leva les bras.

La vendeuse enchaîna une série de questions sur ses préférences alors qu'elle se baladait dans le magasin, sortant une demi-douzaine de jeans des rayons.

— Commençons par ceux-là. Laissez-moi vous montrer la cabine d'essayage, dit-elle avant de me regarder. Voulez-vous l'accompagner ?

Punaise, ouais, je veux l'accompagner.

Je hochai solennellement la tête et pris un billet de cent dollars dans ma poche. La vendeuse nous mena à l'arrière du magasin et tira le rideau d'un grand salon d'essayage. Manifestement, nous étions les seuls clients, ce qui me convenait très bien.

Alors qu'elle allait s'éloigner, je lui glissai l'argent dans la main et murmurai :

— Cent dollars si vous nous donnez un peu de temps seuls.

Elle rangea l'argent dans sa poche.

— Compris. Vous mettez la pagaille et vous achetez.

Elle arqua un sourcil.

Mignonne. Elle avait assez de caractère pour être la doublure de Desiree.

Je me dirigeai vers le salon d'essayage où Desiree retirait déjà ses bottes, concentrée. Elle n'avait clairement pas surpris mon échange avec la vendeuse.

Je m'installai dans un des sièges pour savourer le spectacle.

— Elle ne m'a même pas demandé si je voulais que tu viennes ici, se plaignit Desiree en retirant son jean.

— Tu le voulais, lui dis-je.

Je savais que c'était vrai par la manière assurée dont elle se déshabilla et se pavana pour aller prendre un jean à essayer.

Ma bouche s'assécha, ma verge devint dure comme de la pierre alors que je la regardais essayer un jean qui lui moulait les fesses.

— Qu'en penses-tu ?

Elle se retourna, se regarda d'un œil critique dans le miroir. Faisant semblant de ne pas savoir qu'elle était belle comme un cœur.

— Nous allons le prendre, dis-je, la voix rauque.

Ses mamelons durcirent quand elle entendit le désir dans ma voix et elle me lança un regard séducteur sous ses cils.

Superbe femme.

Elle essaya un autre jean. Il était tout aussi magnifique. Le troisième ne lui allait pas parfaitement. Quand elle le retira, je me levai de mon siège, avançant comme un prédateur menaçant.

Elle s'immobilisa, me regarda. Attendant.

J'agrippai sa taille.

— Grimpe là-dessus.

Je l'aidai à monter sur le banc contre le long mur du salon d'essayage.

— Qu'est-ce que tu fais ?

Elle semblait à bout de souffle.

Je la poussai jusqu'à ce que ses fesses touchent le mur, puis écartai l'entrejambe de sa petite culotte, baissai la tête et la goûtai.

Elle tressaillit et cria. Je tendis la main pour lui couvrir la bouche pendant que j'abaissai de l'autre sa petite culotte d'un coup sec pour la lui retirer. Ses hanches eurent un soubresaut, elle agrippa mon bras pour garder l'équilibre. Ses lèvres ouvertes se pressaient contre ma paume, chaudes et douces.

J'ouvris ses grandes lèvres du pouce et de l'index et suivis l'intérieur, lapant son clitoris, le titillant du bout de la langue, le suçant des lèvres.

Elle me mordit la main, gémissant contre elle. Son souffle chaud devint humide et torride alors qu'elle se tortillait sous ma langue.

Je n'arrêtai pas de la torturer. Je léchai son clitoris gonflé, y passai rapidement l'extrémité de ma langue et m'activai dessus. Je la pénétrai avec ma langue raidie. Elle agrippa mes cheveux et m'attira brusquement contre elle, poussant ses replis trempés dans ma bouche. J'enfonçai deux doigts en elle et elle hurla contre ma main, que je serrai autour de sa mâchoire encore plus étroitement. J'étais brusque, mais je savais qu'elle aimait ça. Son corps me répondait chaque fichue fois, comme s'il avait été fait pour moi.

Et en cet instant, j'allais m'assurer qu'elle jouisse plus vite qu'un train emballé. Parce qu'elle avait besoin de cet orgasme.

Et bon sang, je voulais être le gars qui le lui donnerait.

Chaque.

Fichue.

Fois.

Je recourbai les doigts en elle, essayant de trouver son point G.

Bingo !

Ses genoux fléchirent et elle cria contre ma paume, son bassin tressautant de manière incontrôlée. Mes doigts faisaient des va-et-vient. Alors que je passais la langue contre son clitoris, en même temps, elle se mit à sangloter et une de ses mains tira sur mes cheveux, tandis que l'autre agrippait mon poignet pour que mes doigts s'enfouissent plus profondément en elle. Ses ongles s'enfoncèrent dans ma peau.

Je fis encore quelques va-et-vient pour lui montrer qui avait le contrôle, puis entrai profondément et m'immobilisai suffisamment longtemps pour qu'elle jouisse.

À l'instant où j'arrêtai les allers-retours, elle frissonna et jouit, son sexe se contractant autour de mes doigts. Elle se mit sur la pointe des pieds, serra l'intérieur des cuisses autour de mon poignet. Je continuai à laper son clitoris pendant toute la durée de son orgasme, jusqu'à ce qu'elle trébuche en avant, et je dus l'attraper par la taille pour l'empêcher de tomber. Je retirai mes doigts et l'aidai à descendre. Je me retournai, m'assis sur le banc et l'attirai sur mes genoux, ma paume entre ses cuisses.

Elle gémit et appuya la tête sur mon épaule.

— Seigneur, Junior.

Je caressai ses lèvres trempées comme si j'apaisai son intimité pour la ramener à la normale.

— Comment te sens-tu maintenant, poupée ?

— Mieux, murmura-t-elle.

Son corps était lourd sur le mien, comme si elle était complètement détendue.

— Mais j'ai détesté être discrète.

Son rire était rauque, et ma verge douloureuse n'en palpita que davantage.

— Je fais partie de la bande « *Si je n'ai pas hurlé, ça ne comptait pas* ».

Je frappai son intimité et ses deux cuisses tressaillirent.

— Ça ne comptait pas ? grondai-je.

Je frappai encore ses replis humides.

— Tu as besoin que je fasse en sorte que ça compte ?

— On peut retourner chez toi ? demanda-t-elle d'une voix rendue rauque par ses hurlements étranglés. S'il te plaît ?

Bon sang, je ne pouvais pas lui refuser quoi que ce soit en cet instant. Surtout étant donné l'état de ma verge.

— Pour que tu puisses hurler à pleins poumons, bébé ?

Elle eut un autre de ces rires rauques.

— Ouais.

Je la relevai de mes genoux si rapidement qu'elle gloussa et je lui donnai une tape sur les fesses.

— Dix secondes pour t'habiller, aboyai-je.

Elle attrapa sa petite culotte, puis sautilla pour l'enfiler.

Je ramassai les trois jeans qu'elle n'avait pas encore essayés, plus les deux qui lui allaient.

— Je vais aller payer ça. Et je compte toujours.

Je mis une petite note d'avertissement dans ma voix pour la dernière partie et elle sourit, glissant un pied dans son jean.

— Juste derrière toi, boss.

Madonna, j'étais fichu avec cette fille.

Desiree

Jouir sans vraie pénétration me donnait l'impression de tricher. Je ne pensais que je serais heureuse si j'étais lesbienne parce que j'avais vraiment l'impression d'avoir besoin de cette grosse queue. Bien sûr, on fabriquait des godes pour ça, alors peut-être que ça pourrait aller.

Tout ce que je savais, c'était que je n'avais pas eu assez de Junior Tacone dans ce magasin de vêtements, et j'avais besoin de me sentir comblée.

Il conduisit vite sur le trajet du retour – vite à en faire crisser les pneus – et se débarrassa de Paolo. Puis il m'attrapa devant la chambre de Gio dès que j'eus terminé de changer ses pansements et de renouveler la perfusion.

Il me poussa contre le mur, clouant mes poignets près de ma tête. Ses lèvres assaillirent les miennes, écrasant ma bouche. Ses dents passèrent abruptement sur mes lèvres, et sa langue m'envahit. Pendant tout ce temps, son érection impressionnante se frottait contre mon ventre.

J'enroulai une jambe autour de sa taille pour l'orienter vers mon sexe.

Il jura en italien et souleva mon autre jambe, puis me porta dans sa chambre.

J'ouvris le bouton de son pantalon de costume à mille dollars et glissai ma main à l'intérieur pour agripper sa verge. Elle était longue et dure et palpitait dans ma paume. Je tombai à genoux pendant qu'il sortait son érection de son boxer.

Je mouillais rien qu'à l'idée de lui donner du plaisir. J'entrouvris les lèvres et levai les yeux pour pouvoir regarder son visage à l'instant où je le prendrais dans ma bouche.

Ses yeux étaient noirs comme la nuit et un muscle tressaillit sur son visage alors que j'engloutissais son gland, faisant tournoyer la langue dessous. Il fourra ses doigts dans mes cheveux, les agrippa fort. Je me mis à fantasmer sur l'idée d'être forcée.

Je devais de l'argent à la mafia et Junior me faisait payer ainsi.

Je le pris au fond de ma gorge, puis reculai avant de faire des va-et-vient sur son gland plusieurs fois. Je recommençai, empoignant fort la base de son sexe pour qu'il s'allonge à l'arrière de ma gorge. Je pris fermement ses bourses et les soulevai, puis je les caressai pendant que je le suçais. Puis je massai son périnée, le caressant d'avant en arrière.

La respiration de Junior devenait irrégulière, il serrait les poings dans mes cheveux. Du liquide préséminal se répandait dans ma bouche, se mélangeant à ma salive pour fabriquer un super lubrifiant. Je donnai un instant à sa verge pour se calmer et l'astiquai tout en lui suçant les bourses, le léchant jusqu'à son périnée.

— Bon sang, tu me tues, dit Junior d'une voix rauque.

Sa prise dans mes cheveux était trop serrée.

— Je veux tellement jouir dans ta bouche, ajouta-t-il.

— Alors fais-le, lui dis-je en plaçant mes lèvres de nouveau sur sa verge, mais il maintint mes cheveux et recula.

— Non, non, non, non. J'ai besoin de te baiser, poupée. J'ai besoin de te baiser tellement fort que tu en oublieras ton nom.

Pas de protestation ici.

Il relâcha mes cheveux et me prit par le coude pour me relever.

— Penche-toi sur le lit.

Il me frappa sur les fesses alors que je me retournais pour obéir. Il passa la main sous mon corps pour ouvrir le bouton de mon jean et je l'aidai à le faire glisser sur mes hanches. J'entendis un emballage de préservatif se déchirer puis il s'enfonça en moi sans préambule.

Je criai de plaisir.

Ça.

Oui.

C'était exactement ce dont j'avais besoin.

— Oui, babillai-je immédiatement. S'il te plaît, Junior, c'est tellement bon.

Il agrippa ma nuque et me pilonna très fort, percutant mon fessier, faisant se balancer ses bourses contre mon clitoris.

J'écartai les jambes plus largement, arquai le dos pour mieux le recevoir. C'était tellement bon. Le plaisir et la jouissance se propulsèrent à travers moi, même si je n'avais pas encore atteint l'orgasme. Mon corps chantait, célébrant cette nouvelle position, cet instant. Cet homme.

Je criais, gémissais et suppliais alors qu'il me prenait rapidement et brutalement.

— Si tu continues à faire ce bruit, je ne vais pas tenir très longtemps.

— Ne t'arrête pas, criai-je. Je veux dire, jouis ! S'il te plaît, prends-moi. Prends-moi plus fort. Maintenant.

Je donnais l'impression d'être la plus chienne des actrices porno et je m'en fichais vraiment. Tout ce que je savais, c'était que je recevais exactement ce dont j'avais besoin en cet instant.

Et c'était incroyable.

— *Fanculo, fanculo, fanculo,* oui ! rugit Junior en s'enfonçant profondément en moi.

J'aurais juré sentir la chaleur de son sperme, même à travers le préservatif.

Je jouis aussi, des vagues de plaisir traversaient mon corps alors que j'enserrai sa verge de toutes mes forces.

— Oui, Junior, oui.

Je babillais toujours.

Junior se retira lentement et je flottai dans l'espace béni de l'absence de pensée.

Je revins à la réalité quand il me fit un brin de toilette avec un gant et me frotta le bas du dos.

— Ça va, bébé ?

Le Don sévère avait disparu, remplacé par le côté très humain et très gentil de Junior. Je doutais qu'il montre à beaucoup de gens ce côté de lui, et je me sentais honorée qu'il me l'ait montré tant de fois ce jour-là.

Je roulai sur le côté et me redressai. Mon visage me brûlait. Je repoussai mes cheveux de mes yeux. Junior me tendit une bouteille d'eau.

— Tu es la femme la plus chaude de la planète, tu le sais ?

Je rougis, buvant à la bouteille.

— Merci.

Il sourit et plaça un doigt sous mon menton pour voir mon regard.

— Que tu me remercies de m'avoir offert la meilleure expérience sexuelle que j'ai eue depuis des années ? D'accord, j'accepte.

— Pas pour ça. Enfin, si pour ça, mais juste merci.

Je trouvai le courage de le regarder dans les yeux.

— Pour aujourd'hui. Pour m'aider à oublier.

— Oublier quoi, bébé ? me demanda-t-il doucement.

Mes yeux devinrent humides, mais ce n'était pas grave. Je ne me sentais plus triste. Juste épuisée.

— Aujourd'hui, c'est l'anniversaire de mon petit garçon, dis-je la gorge serrée. Et il est avec son père quelque part. Et je ne sais pas où.

Ma voix trembla et se brisa sur le dernier mot.

— Oh, bébé.

Il me sortit du lit et m'attira dans ses bras, remontant ma petite culotte et mon jean pendant qu'il m'étreignait. C'était un geste tout simple, mais on n'avait jamais autant pris soin de moi de ma vie. En tout cas, pas un homme. Avec Abe, je devais être sa mère. Mais il ne donnait certainement jamais de sa personne. Il ne prenait jamais soin de moi, même après que j'avais donné naissance à son fils. Il ne me rendait jamais de service.

J'enfouis mon visage contre le torse de Junior et il me frotta le dos, entoura ma nuque de sa main, et m'embrassa les cheveux.

— Je suis désolé, poupée. Vraiment.

— Alors c'est là que passe mon argent. J'ai engagé un enquêteur privé pour les retrouver, mais c'est vraiment cher. Et jusqu'ici, mon ex est resté discret.

— Tu vas les retrouver.

Au ton de sa voix, Junior en était convaincu et je voulais tellement le croire.

— Tu les retrouveras, dit-il fermement, comme s'il savait que je n'en étais pas sûre. Et ça arrivera, je serai heureux de m'occuper de ton ex pour toi.

Mon estomac se noua et je le repoussai.

— Junior, non.

Il leva les paumes.

— Eh bien, si tu as un jour besoin que je m'occupe de lui ou de *n'importe qui*... tu sais que je le ferais sans hésiter.

Je secouai la tête, et de nouvelles larmes affluèrent à mes yeux, mais cette fois elles n'étaient pas pour moi. En tout cas, je ne pensais pas. Elles étaient pour lui. Peut-être quand même pour moi parce que je ne pouvais pas avoir un homme comme lui. Ce n'était pas normal de suggérer la violence comme solution à chaque problème. Et je ne pensais pas qu'il voulait encore être cet homme. Je ne pensais pas que c'était vraiment lui.

— Junior...

— Ouais ?

— Non.

J'essayai de ne pas prendre un ton réprobateur, mais je n'y réussis pas complètement. Quand je le vis tressaillir, je continuai précipitamment.

— J'apprécie ton offre, vraiment. C'est incroyable de savoir que j'ai quelqu'un comme toi de mon côté, dis-je en tendant la main pour lui toucher le bras. Mais je ne suis pas d'accord avec la violence. Et honnêtement ? Je ne pense pas que ce soit vraiment toi. Je ne crois pas que ce soit la personne que tu veuilles être. Enfin, tu m'as dit que tu voulais en sortir.

Il se frotta une main sur le visage, semblant soudain vieilli de dix ans.

— Ouais. Enfin. C'est celui que je suis, Desiree. Je déteste peut-être ça, mais je ne peux pas changer les choses. Et si je dois utiliser la violence pour quoi que ce soit, ce sera vraiment pour aider la femme à qui je tiens.

Je ne pensais pas qu'il avait eu l'intention d'être aussi franc, parce qu'il me lança un coup d'œil à demi alarmé, comme s'il n'arrivait pas à croire qu'il avait dit ça.

La femme à qui je tiens.

Les mots me frappèrent droit au cœur. La flèche me transperça, mais elle propagea de la chaleur à travers ma poitrine. Cela me ficha également la trouille.

Nous ne donnions pas dans le « tenir à quelqu'un » ici. Nous donnions dans le sexe brutal. Je ne pouvais pas *tenir* à Junior Tacone. En tout cas, je ne voulais pas. Il n'y avait pas de futur sur le long terme avec un mafieux.

Il dut le lire sur mon visage, parce qu'il se leva et me tourna le dos.

La flèche logée dans ma poitrine devint de plomb.

Mais à ce moment-là, un terrible bruit sourd provint de la chambre de Gio et Junior et moi sortîmes en courant de la pièce.

CHAPITRE NEUF

Junior

— Gio !

Mon frère était sur le sol, grondant.

— Aïe. Punaise, grogna-t-il.

Je me précipitai à ses côtés et passai mon bras sous le sien pour l'aider à se redresser.

— Hé, *fratellino*. Vas-y doucement.

Desiree se plaça de l'autre côté pour l'aider aussi.

— Ça va. C'est bon, dit Gio.

Mais il haletait et grimaçait et ne semblait pas pouvoir se relever.

— *Fanculo*, jurai-je.

— À trois, dit Desiree, gérant parfaitement la situation, comme d'habitude. Un... deux... trois.

Je tirai aussi fort que je pus, car je savais très bien que Desiree n'était pas assez forte pour soulever mon frère, et ensemble nous le relevâmes.

Mais son cri de douleur m'atteignit droit dans la moelle des os. Mon frère n'était pas une chochotte. S'il produisait des sons pareils, c'était qu'il avait sérieusement mal, et ne pouvait pas contrôler ses réactions à la douleur.

— Sur le flanc gauche, ordonna Desiree et nous le positionnâmes sur le côté.

Elle retira le bandage de son dos, et elle pinça les lèvres.

— Ça va ? lui demandai-je.

Elle utilisa sa voix d'infirmière efficace.

— Il a déchiré la perfusion et les sutures, mais ça va aller. Je vais le suturer à nouveau et le rebrancher.

Gio regarda sa blessure à l'avant.

— Combien de temps depuis que je me suis fait tirer dessus ?

— Quatre jours, lui dis-je.

Il tendit le cou pour regarder Desiree.

— Je suis couché là avec deux trous dans le bide pendant que tu te tapes mon infirmière ? me demanda-t-il en italien.

— Ferme-la, lui dis-je, mais sans la dureté que je mettais habituellement dans ces mots.

J'étais soulagé d'entendre Gio parler de nouveau.

— Eh bien, elle est chaude, je le reconnais. Je me la ferais…

— J'ai dit la ferme.

Nous parlions tous les deux en italien, mais Desiree nous lança un regard soupçonneux.

— Est-ce que vous parlez de moi ?

— Il a dit que tu es magnifique.

Gio me lança un regard stupéfait, comme s'il n'arrivait pas à croire que je pouvais être gentil avec un autre être humain.

— C'est les médicaments qui parlent, répondit-elle simplement.

Il me vint à l'esprit que ce n'était pas la première fois qu'un patient lui disait ça.

Je dus ravaler un brusque accès de jalousie. Du genre qui me donnait envie de marquer mon territoire si fermement qu'aucun mec ne la regarderait plus jamais.

Je surpris Gio à m'étudier et tentai de rendre mon visage inexpressif. Ou en colère. Bon sang... à quoi ressemblait mon visage avant Desiree ? Je n'avais plus l'impression d'être le même homme qu'une semaine auparavant.

— Alors qui est venu d'Italie ? demanda Desiree sur le ton de la conversation alors que ses mains s'activaient sur la blessure, la nettoyant et la bandant. Votre père ?

— Notre grand-père a emmené la famille quand notre père avait dix ans.

— Et vous parlez tous l'italien couramment ?

— Il est retourné en Sicile pour épouser notre mère... c'était en quelque sorte un truc arrangé, alors nous sommes des Américains de première génération des deux côtés, expliquai-je.

Je fronçai les sourcils quand je surpris Gio encore à m'observer.

— Où est Paolo ? demanda-t-il.

— Il est dans le coin. Tu veux le voir ?

— Non, je m'assurais juste qu'il allait bien.

— Ouais, ça va. Tu as été le seul blessé de notre côté.

Il lança un coup d'œil à Desiree.

— Et du leur ? me demanda-t-il en italien.

— Elle parle espagnol, l'avertis-je, aussi en italien.

Ce qui signifiait qu'elle nous comprenait probablement. Mais je lui répondis quand même.

— Tous morts.

Desiree se raidit.

Mince.

Gio hocha la tête et regarda Desiree préparer son autre bras pour la perfusion. Elle inséra l'aiguille et régla le goutte-à-goutte. Gio ferma les yeux quand les antidouleurs firent effet, les traits tendus de son visage se relâchant.

— Tu veux que je t'allume la télé ou autre chose ? demandai-je.

Mais il n'ouvrit même pas les yeux, il secoua simplement la tête, s'enfonçant de nouveau dans le repos.

Je regardai Desiree. Les choses devenaient trop intenses entre nous. Chaque minute que je passais avec elle, je m'enfonçais plus profondément… et je ne pouvais pas. Autant que je veuille prendre possession de Desiree pour toujours, elle voulait un homme différent, elle en avait besoin. Et si j'avais l'intention de laisser ça se produire… de la laisser partir quand tout serait terminé, je devais arrêter d'agir comme si nous sortions ensemble ou que nous étions un couple. Nous avions besoin d'une occasion de reprendre notre souffle. Pas de vin et de pâtes ni de baise dure sur le plan de travail ce soir-là. Mais les options étaient plutôt limitées, étant donné que nous étions tous les deux confinés à la maison.

— Que dirais-tu d'une pizza et d'une partie de gin rami ? lui suggérai-je alors que nous sortions de la chambre de Gio.

Elle me lança un drôle de regard.

— Hum, ouais. D'accord.

Sa voix semblait surprise, mais approbatrice.

— Une invitation privilégiée, lui dis-je.

Son léger rire était doux et sans retenue.

— Une invitation privilégiée.

CHAPITRE DIX

Desiree

JE ME LEVAI DU PIED GAUCHE LE LENDEMAIN MATIN. Je ne sais pas – peut-être que c'était juste trop pour moi à encaisser – pleurer mon petit garçon, être quasi emprisonnée par Junior. Avoir des sentiments pour ledit geôlier et ne pas vouloir en avoir.

J'étais perturbée, embrouillée, vexée.

Je prodiguai mes soins habituels à Gio, puis me douchai et m'habillai. Au lieu de chercher un petit déjeuner, j'enfilai mon nouveau manteau en cuir et sortis par la porte d'entrée. J'avais besoin de m'éloigner de la maison et je me sentais irritable d'être encore prisonnière, même si Junior m'avait traitée comme une princesse la veille.

Je ne fus pas surprise d'entendre la porte s'ouvrir brusquement derrière moi.

— *Hé.*

C'était un aboiement tranchant et autoritaire.

Je n'étais pas assez bête pour continuer à marcher. Je m'arrêtai, mais je ne me retournai pas.

— Où vas-tu ?

Junior s'approcha de moi à grandes enjambées déterminées. Il était lui-même déjà douché et habillé, impeccable comme toujours dans un costume bien taillé.

— Recule, boss, lui renvoyai-je immédiatement. Je vais faire un tour.

Ce n'était pas des préliminaires mignons cette fois. Je ne me sentais pas insolente. J'étais carrément vache, et il n'était pas amusé.

— Ne me parle pas comme ça.

C'était un ordre donné d'un ton grave. De ce ton où il était certain d'être obéi.

Je me retrouvai à rougir, parce qu'il ne méritait vraiment pas ma méchanceté. Pas ce jour-là, en tout cas. Malgré tout, je ne reculai pas.

— Écoute, lui dis-je, les mains sur les hanches. Je fais mon travail. Je suis à fond pour m'occuper de Gio. Je te fais confiance pour remplir ta part du marché, me payer et me laisser partir quand il sera sur pieds. Mais la confiance marche dans les deux sens. Tu dois m'en montrer un peu aussi. J'ai besoin d'un peu d'air frais, alors je le prends. Je reviens dans vingt minutes, d'accord ?

Il pinça les lèvres durement et me fixa un long moment. Il avait l'air aussi exténué que moi. Après un instant, il pencha la tête dans la direction dans laquelle je me dirigeais, comme pour dire : « Alors vas-y. »

Je me retournai et m'en allai avec un mouvement d'humeur, marchant à de longues enjambées colériques... du genre destinées à faire disparaître la frustration. Je ne regardai pas derrière moi avant d'être à mi-chemin du pâté de maison, et quand je le fis, je trouvai Junior en train de me suivre, six mètres derrière moi.

Non. Pas de confiance de sa part.

Il se gelait probablement les miches, sans manteau, en plus.

Je n'allais pas me sentir mal à cause de ça. C'était lui qui avait décidé que j'avais besoin d'être surveillée pendant ma promenade autour du pâté de maisons.

Ou de trois pâtés. Je fis une longue boucle et, le temps que je revienne à la maison, je me sentais un peu plus moi-même. Plus réveillée. Vivante. Un peu insolente. Un peu désolée.

Je m'arrêtai devant l'allée menant à sa maison d'un million de dollars et me retournai pour regarder celui qui me filait. C'était ridicule, ce que cela me faisait de le voir. Les papillonnements dans ma poitrine devant sa silhouette large et musclée, les papillonnements dans mon ventre devant son froncement de sourcils.

Comme je pensais toujours que j'avais raison et que je ne voulais pas dire que j'étais désolée, mais que je voulais quand même être gentille, je l'attendis. Quand il arriva, mon corps s'avança vers lui de lui-même, et soudain je pressai mon front contre son torse. Ce n'était pas tout à fait un abandon... c'était davantage comme se cogner la tête contre un mur.

Et ce mur, c'était lui.

Il lui fallut deux secondes avant que ses bras ne se lèvent pour m'entourer.

— Ça va ?

Sa voix bourrue était sincèrement inquiète.

Je hochai la tête contre son torse.

— Un peu patraque.

Il me frotta la nuque.

— Moi aussi.

Il m'éloigna de son torse et m'agrippa la mâchoire, me

soulevant la tête. Puis ses lèvres s'abattirent sur les miennes, son baiser telle une punition : dur et possessif.

J'y cédai, entrouvrant les lèvres pour laisser sa langue s'insinuer.

Il commença brutalement, mais le temps qu'il termine, ses lèvres et sa langue m'exploraient, me goûtant, me taquinant. Quand il rompit le baiser, j'avais oublié pourquoi j'étais de mauvaise humeur. Il baissa les yeux vers moi. Son expression était impénétrable, mais son pouce caressait légèrement ma joue.

— Quel est ton vrai prénom ? demandai-je, le souffle un peu court.

C'était comme si j'avais besoin de quelque chose de sa part… une concession, quelque chose de personnel.

Quelque chose se raidit sur son visage.

— Santo.

Il n'aimait pas dire ce nom. Peut-être que cela lui rappelait son père, et que ce n'étaient pas de bons souvenirs.

Je savais qu'il se sentait piégé par son père… je l'avais senti dans chaque mot qu'il avait prononcé sur sa situation. C'était pour ça que je l'avais encouragé à tout quitter.

Ça n'avait rien à voir avec une tentative de faire de lui quelqu'un avec qui je pourrais rester sur le long terme.

Rien du tout.

Je frissonnai et il m'orienta vers la maison.

— Allons prendre le petit déjeuner.

Nous nous dirigeâmes dans la maison puis droit dans le garage.

— Ma voiture !

Elle était là, à côté de sa magnifique Maserati. Je m'étais inquiétée qu'elle soit restée dans le parking de l'hôpital, mais je n'avais jamais imaginé qu'elle avait été là tout ce temps. Cela rendait en quelque sorte les plans d'évasion plus simples… même si je ne planifiais plus ce genre de chose.

— Ouais. Je voulais qu'elle soit en sécurité, dit Junior. Ne te fais pas d'idées, m'avertit-il, ruinant toute approbation que j'aurais pu ressentir pour sa prévenance.

Il ouvrit la portière de la Maserati et tendit la main devant moi pour mettre la clé dans le contact.

— Démarre-la si tu as froid. Je reviens tout de suite.

Eh bien. C'était une miette de confiance, n'est-ce pas ? Il m'avait laissée avec les clés sur le contact. J'aurais parfaitement pu prendre la voiture et partir.

Bien sûr, il m'aurait tuée.

Littéralement.

Donc, il savait probablement que je n'irais pas plus loin qu'une marche dans le quartier sans sa permission. Et c'était pour ça que je devais vraiment arrêter de fondre à chaque fois qu'il me touchait.

Junior

Je pris vingt mille dollars en liquide et sautai dans la voiture avec Desiree, qui avait mis sa musique pop à la radio.

Je ne savais pas pourquoi je trouvais ça tellement adorable.

Sa pique de ce matin, comme quoi je ne lui faisais pas confiance, était restée coincée entre mes côtes. Elle avait raison. Je ne faisais confiance à personne. Je ne le pouvais pas. C'était comme ça que j'avais été élevé. L'entraînement qui m'avait été inculqué par Santo Tacone.

Mais je lui avais apporté un rameau d'olivier. Je

déposai son téléphone sur ses genoux.

Elle me regarda, surprise, mais je ne fis pas de remarque. Punaise, mes réflexes soupçonneux me donnaient déjà envie de le récupérer, de l'empêcher de prendre contact avec l'extérieur.

Mais à un certain moment, je devrais bien lui faire confiance. Si je la laissais quitter ma maison quand tout serait terminé, lui faisais confiance pour ne rien dire à personne, alors je devais lui accorder la même confiance maintenant.

Malgré tout, quand elle commença immédiatement à envoyer un texto à quelqu'un, je me tendis. C'était une fichue sainte, parce qu'elle me dit d'une voix exaspérée :

— J'envoie un texto à Lucy, ma meilleure pote du boulot. Juste pour lui dire que sa tronche me manque.

Elle leva l'écran pour le prouver.

— Merci, marmonnai-je.

Je roulai jusque dans la ville, jusqu'au Caffè Milano. D'une pierre deux coups.

Je fis le tour du pâté de maisons, cherchant quelque chose d'inhabituel. Des flics pouvaient surveiller les lieux après la fusillade. Ou l'équipe de Vlad. Encore une fois, j'aurais probablement dû appeler un des gars pour surveiller mes arrières. J'aurais insisté pour que Gio ou Paolo emmène des renforts si c'était l'un d'eux qui était venu. Mais cela allait contre mes tendances de dominant d'admettre une faiblesse. Je ne vis rien ni personne qui semblait faire tache, alors je me garai et éteignis le contact.

— Tu vas vraiment laisser ta Maserati garée dans une rue de ce quartier ? demanda Desiree, incrédule.

Je haussai les épaules.

— Avant, tout le monde dans ce quartier était assez malin pour ne pas toucher à ma voiture. Je ne suis pas sûr que ce soit toujours le cas, mais je l'espère.

— Je peux la conduire ? demanda-t-elle en claquant la portière.

— Quoi ?

J'étais pris de court, surtout parce que personne de sain d'esprit ne m'avait jamais demandé de la conduire, en dehors de mes *stronzi* de frères, et je leur avais dit d'aller se faire mettre vingt fois avant de finalement plier.

Elle me lança un sourire de mille watts alors que je me rendais à ses côtés, la protégeant de la circulation.

— S'il te plaît, Junior ? Allez, de quoi est-elle capable… de zéro à cent soixante en quatre secondes ?

J'émis un petit rire, surpris de son intérêt et de ses connaissances.

— Ouais.

— Laisse-moi la conduire. S'il te plaît ? Je te taillerai la meilleure pipe de l'histoire de l'univers.

Ma verge devint dure comme de la pierre à sa proposition. Je dus tendre la main et ajuster mon pantalon.

— Eh bien, ma foi. C'est une offre difficile à refuser.

J'attrapai son visage et l'embrassai de nouveau, comme je l'avais fait devant la maison ce matin-là. Je ne savais pas pourquoi j'étais si fasciné par l'idée de l'embrasser, mais je ne semblais pas pouvoir m'arrêter. Elle avait le goût de dentifrice à la menthe et de baume à lèvres aux fruits rouges. Ses lèvres étaient douces et pleines, et tellement succulentes, bon sang. Sérieusement, je voulais la dévorer.

Et ouais, j'étais le grand méchant loup.

Je ne devais pas. Nous n'étions pas un couple. Ce n'était pas un rendez-vous. Nous avions un arrangement, et je savais qu'elle n'était pas intéressée pour continuer quand il aurait expiré.

— Est-ce un oui ? demanda-t-elle quand je rompis le baiser.

J'adorais son audace.

— Oui.

Je ne pouvais pas détourner le regard. Elle avait les yeux brillants et les joues rouges... si pleine de vie. Un tel contraste avec moi. J'étais à moitié mort depuis des années. Certainement depuis la mort de Mia, mais probablement depuis plus longtemps. Bon sang, je ne me souvenais pas quand ma vie avait semblé valoir la peine d'être vécue. Comme si c'était la mienne.

J'aurais parié que Nico ne ressentait pas ça. Cette *testa di cazzo* vivait sa propre vie depuis le jour où il avait été diplômé du lycée et avait concocté son plan pour Las Vegas.

Je me forçai à briser le contact visuel, pour balayer du regard les rues à la recherche d'une menace. Des observateurs. Je ne vis rien de louche. Malgré tout, je transpirais quand nous approchâmes du Caffè Milano, l'écho des coups de feu résonnant dans mes oreilles. Le cri que Gio avait poussé quand il avait été touché. L'expression sur son visage apparut devant mes yeux. Puis l'image du carnage que j'avais laissé derrière moi.

Je n'étais pas innocent. J'avais déjà eu du sang sur les mains. Mais cette scène était plutôt sérieuse. Je ne savais même pas que j'étais capable d'être un Terminator à moi tout seul. Je supposai que c'était ce qui arrivait quand quelqu'un tirait sur mon frère.

Il y avait quelques clients qui commandaient leur café du matin au bar. Quelques jeunes assis aux tables avec leurs ordinateurs. Un vieil homme qui lisait un journal.

— Alors, vas-tu me dire ce qui se passe ? demanda Desiree à voix basse.

— Qu'est-ce que tu veux dire ? demandai-je sans arrêter mon examen constant de la zone.

Je pris une lente inspiration, mais mon cœur battait encore trop fort.

— Sommes-nous ici pour les affaires ? Parce que tu n'as vraiment pas l'air d'avoir faim.

Cazzo. Je n'aurais pas dû l'emmener. À quoi est-ce que je pensais, bon sang ? Elle était déjà complice. Maintenant, je ne faisais que l'enterrer davantage.

— Bébé, ne pose pas de questions.

— Est-ce que tu te fiches de moi ?

Elle garda la voix basse, mais le ton était sérieusement énervé.

— Junior, je ne veux pas être impliquée dans ce guêpier.

Je me frottai une main sur le visage.

— Je sais. J'ai foiré. Je n'aurais pas dû t'emmener. Je ne sais pas à quoi je pensais.

En fait, je savais très bien à quoi j'avais pensé. Que l'avoir avec moi apaiserait la pression. Que ça m'aiderait peut-être même à arranger les choses avec la famille Milano, parce qu'elle était du genre à pouvoir mener qui elle voulait par le bout du nez.

Moi y compris.

La fille Milano était derrière le comptoir, et devint pâle quand elle me vit, mais en dehors de ça elle la joua cool.

Desiree et moi allâmes au comptoir et commandâmes du café et des pâtisseries, puis nous nous assîmes à une des tables. Maintenant que j'étais à l'intérieur, je vérifiai la nouvelle vitre. Elle était correcte. Épaisse, à double vitrage. Mieux que ce qu'ils avaient avant.

C'était bien.

Je ramassai un journal d'une des tables et fis semblant de lire les gros titres. Je pensais que j'allais glisser l'argent dans le journal et le tendre à la jeune femme avant que nous partions.

— Junior, j'ai peur.

Je levai les yeux, surpris. Desiree ne me donnait pas

l'impression d'être du genre à admettre ses émotions, surtout la peur.

— Que faisons-nous ici ? Que va-t-il se passer ?

Je tendis la main sur la table et pris la sienne. Elle était glacée.

— Bébé, tu n'as pas à avoir peur.

Je ne sais pas ce qui me força à parler – je n'avais jamais balancé de secret de ma vie, même sous la torture – mais je ne pouvais pas supporter l'idée qu'elle soit nerveuse à cause de moi.

Elle avait probablement remarqué mon SSPT et maintenant, elle pensait que quelque chose de terrible se passait.

— C'est l'endroit où Gio s'est fait tirer dessus, lui dis-je à voix basse. Je suis venu faire ami-ami avec les propriétaires, c'est tout.

Maintenant, le visage de Desiree était pâle. Ses yeux filèrent de tous les côtés sans qu'elle bouge la tête, comme si elle était une espionne ou je ne sais quoi.

— D'accord, dit-elle en hochant la tête plusieurs fois, comme si elle essayait d'être courageuse. Que devons-nous faire ?

Ses mots me frappèrent droit dans le torse, me sonnant.

Que devons-nous faire.

Même si je l'avais emmenée de manière inconsciente pour qu'elle soit ma moitié, qu'elle fasse partie de mon équipe, ce n'était pas ce qu'il fallait faire. Et pourtant elle était là, terrifiée, pas dans son élément, désapprouvant toute l'affaire, mais toujours prête à jouer mon acolyte.

Je serrai ses doigts glacés.

— Tu n'as pas à faire quoi que ce soit. Je voulais juste montrer mon visage et laisser un peu d'argent pour couvrir les dommages. Je vais le mettre dans ce journal et le donner à notre serveuse quand elle viendra.

Encore une fois, l'excès de détails me choqua.

Mon propre père m'aurait tiré dans la tête pour avoir été aussi stupide.

Peut-être que c'était ce que l'amour vous faisait.

Bon sang.

Est-ce que j'aimais Desiree ?

Je ne me souvenais certainement pas avoir ressenti ça pour Marne. J'avais tenu à elle – c'était encore le cas –, mais c'était d'une manière plus abstraite. Ce que je ressentais pour Desiree était viscéral. Réel. Comme si j'aurais préféré me planter un couteau dans l'œil que de la voir souffrir. Ou effrayée. Et elle avait demandé ma confiance, alors je la lui donnais.

Je lui faisais courir également toutes sortes de dangers.

Ce qui était la raison pour laquelle cela n'allait pas marcher. Je devais rester éloigné de Desiree ou j'allais l'entraîner dans les profondeurs de l'enfer avec moi.

— Tu devrais laisser tomber ce business, Junior. Ça ne te plaît pas, dit-elle, comme si elle avait lu dans mes pensées.

La vérité de ses mots me frappa durement.

J'avais passé l'essentiel de ma vie à me sentir malade à cause de la personne que j'étais. De ce que je faisais. J'étais un monstre. J'avais descendu six Russes dans ce café, pour l'amour du Ciel ! Oui, ils avaient voulu nous tuer d'abord, mais était-ce une façon de vivre ?

Et peut-être que, lorsque j'avais dit que mon père n'aurait pas d'identité sans ça, je parlais en fait de moi.

Bien sûr, j'aurais adoré fermer boutique. Déménager ma mère en Floride et passer le reste de ma vie à regarder des filles en bikinis. Mais le vide de cette idée me laissait froid. Que ferais-je donc ? Pour quoi vivrais-je ?

Si ma fille Mia était encore vivante, peut-être que j'aurais pensé différemment.

Peut-être que j'aurais encore eu un mariage correct,

que j'aurais eu autre chose qu'un business mourant duquel m'occuper.

— Tu pourrais devenir réglo comme Nico. Ouvrir une chaîne de restaurants italiens dans le vieux quartier pour pouvoir surveiller ce qui se passe. Non ?

Elle me regarda de près, comme si elle essayait d'être à l'écoute de mes pensées. Je n'étais pas habitué à ce qu'on essaie de me déchiffrer. À ce que quiconque se soucie de ce que je pensais à moins que ça ne l'affecte lui.

Je replaçai notre table parce qu'elle n'était pas stable.

— Je ne sais pas, poupée. La pression que je ressens de la part de mon père est réelle, bon sang. Mais ouais, j'aimerais sortir de la *Cosa nostra*. J'aimerais vraiment.

— Alors tu devrais.

Je la regardai fixement, avec l'impression d'être projeté en arrière, loin d'elle et de toute possibilité d'une vie normale et réglo. D'une famille normale. D'une femme qui illuminait la pièce. C'était comme si j'étais dans un film, quand la caméra faisait soudain un zoom arrière, de plus en plus loin. Elle devenait minuscule. Tellement lointaine. Complètement hors de portée.

Et j'étais là, coincé dans le rôle de l'homme que tout le monde détestait. Y compris ses propres frères.

La fille Milano s'approcha.

— Tenez, monsieur Tacone, murmura-t-elle en posant mon café devant moi.

— Ça va ? demandai-je.

Elle prit une grande inspiration puis expira.

— Oui, répondit-elle en hochant la tête. Ça va.

— Bébé, voici mademoiselle Milano, la propriétaire.

Je fis exprès de ne pas utiliser le nom de Desiree. Et bien sûr, je n'étais pas sûr du prénom de la fille Milano. Sous la table, je glissai l'enveloppe d'argent dans le journal.

— Marissa.

Ah. Ça avait été une de mes suppositions.

Elle posa nos pâtisseries.

— Papy est toujours propriétaire. Je le dirige simplement pour lui.

— Comment va Luigi ?

— Bien, bien. Enfin. Il vieillit. Il est un peu énervé contre vous en ce moment aussi. Il dit que vous laissez le quartier partir en ruines.

Elle regarda nerveusement autour d'elle et poussa un petit rire forcé.

Le bruit sourd et familier de la culpabilité me frappa comme un boulet de démolition, pile dans le torse.

— Ouais, j'y travaille, lui dis-je.

— Junior ne sera pas là éternellement, coupa Desiree, les yeux étincelants. Il y a un moment pour tout, vous savez ? Et son moment pourrait bien être en train de passer.

Je regardai Desiree fixement, stupéfait que son réflexe soit de me défendre.

Marissa rougit.

Je poussai le journal plié vers elle.

— Tiens, tu peux prendre ça, dis-je en soutenant son regard pour qu'elle sache que je lui communiquais autre chose qu'un passage à la poubelle. Je l'ai terminé.

Elle hocha la tête et fit volte-face pour s'éloigner, allant rapidement vers l'arrière-boutique.

Je terminai mon café.

— Poupée, je n'ai pas l'habitude que quelqu'un soit assez dingue pour parler à ma place.

Ma voix sortit bourrue, mais ce n'était pas une protestation. Je n'étais simplement pas habitué à me sentir redevable envers quelqu'un.

— Eh bien, ce sont des conneries, dit-elle d'un ton cassant.

Je ne pus m'empêcher de sourire.

— Tu rêves toujours que je peux arrêter.

— Tu en as envie. Admets-le.

Je me retrouvai à prendre une brusque inspiration devant l'audace de seulement me permettre de *penser* à cette idée, encore plus de *l'exprimer*.

Je roulai ma serviette en boule et la lançai sur la table.

— Je ne peux pas. Fin de l'histoire.

Je me levai.

Marissa sortit de l'arrière-boutique et, une fois derrière le comptoir, hocha la tête vers moi. Je supposai que ça voulait dire que j'avais apporté assez. Je m'approchai et lui tendis une carte.

— Dis à Luigi de m'appeler s'il a besoin de quoi que ce soit, hein ?

Elle prit la carte et hocha la tête.

— Ou tu peux appeler. Le Caffè Milano est un commerce que je soutiendrai toujours.

Je voulais dire *protéger*, mais je ne voulais pas le dire tout haut devant les clients.

— J'apprécie, monsieur Tacone, vraiment.

Desiree s'approcha de moi et je posai une main sur son dos.

— Passe une bonne journée, dis-je en dirigeant Desiree vers la porte.

— Vous aussi. Merci, répondit la fille Milano derrière moi alors que nous partions.

— Alors, quelle est son histoire ? demanda Desiree plutôt sèchement alors que nous sortions.

Je haussai les épaules.

— Je ne sais pas. Je me souviens qu'elle courait dans le coin quand elle était gamine. Maintenant elle dirige la boutique.

— L'argent l'a rendue rêveuse.

Il y avait une amertume dans la voix de Desiree qui m'était inconnue.

Je la fis stopper devant ma voiture et penchai la tête, regardant son visage.

— Qu'est-ce que tu veux dire ?

Elle retroussa les lèvres.

— Comme si elle était prête à te sucer après avoir vu combien tu lui avais donné.

Un bref rire surpris m'échappa.

— *Cavalo*, poupée. Tu n'as pas à être jalouse. Je te donnerai deux fois plus, dis-je en souriant. Et tu n'auras même pas à me sucer.

Sauf que tout mon sang se précipitait vers ma queue en apprenant que Desiree était jalouse, alors je me sentis immédiatement désolé d'avoir dit ces mots.

Elle rougit et me poussa, comme si elle était gênée que je l'aie démasquée.

— Je ne suis pas jalouse, ronchonna-t-elle.

Je la fis reculer contre ma voiture, l'encadrant entre mes bras.

— Bébé, je te donnerais de l'argent rien que pour ton joli sourire.

Je me frottai contre elle, regardant ses pupilles se dilater, le pouls dans son cou se déchaîner.

Elle agrippa le revers de ma veste dans ses petits poings et m'attira encore plus près d'elle, ses hanches allant à la rencontre des miennes.

— Ouais ?

— Ouais. J'ai même dit que je te laisserais conduire ma voiture, et tu devrais savoir que je ne laisse *personne* conduire ma voiture.

Elle m'adressa un sourire radieux.

— Alors donne-moi les clés, champion.

Je poussai ma verge douloureuse entre ses cuisses

encore une fois, puis plongeai la main dans ma poche pour en sortir les clés.

— S'il te plaît, ne me le fais pas regretter, suppliai-je. Cette voiture est mon bébé.

Son sourire était sérieusement coquin, et elle était redevenue la femme qui me rendait fou... la belle femme insolente et sûre d'elle, qui lançait ses cheveux en arrière et balançait les hanches en marchant, défiant tous les hommes autour d'elle de la regarder sans bander.

Je grognai, ouvris la portière passager et me glissai à l'intérieur.

∽

Desiree

Junior était tendu alors que je déboîtais dans la rue. Il avait une main cramponnée à la poignée de la portière et l'autre serrait le poing sur sa cuisse. Je fis ronfler la voiture pour tester à quelle vitesse la voiture décollait et nous nous engageâmes dans la circulation.

Je conduisais comme si je participais à une course de voitures, parce que... quand aurais-je de nouveau l'occasion de conduire un bolide pareil ?

Cela lui prit quelques minutes, mais Junior commença à se détendre. Son poing se desserra et il arrêta de regarder la route comme si quelque chose d'horrible était sur le point de se passer.

— Jolie conduite, poupée.

Il semblait surpris. Impressionné, même.

Je lui lançai un grand sourire.

— Quoi ? Tu ne pensais pas qu'une femme pouvait maîtriser une voiture pareille ?

Ses lèvres s'incurvèrent.

— Tu n'as pas le droit de conduire ma voiture *et* de me casser les noix, ma douce.

J'adorais quand il devenait autoritaire avec moi. Cela m'échauffait et m'émoustillait tout entière.

— Je t'ai dit que je ne laissais personne conduire ma voiture. Jamais. Considère-toi comme privilégiée.

Cette nouvelle n'aurait pas dû me rendre aussi heureuse. Ce n'était pas comme s'il venait de me jurer un amour éternel, mais c'était agréable de savoir que j'étais spéciale. J'aimais penser que j'avais droit à des concessions particulières de sa part.

Je pris un virage beaucoup trop vite, faisant crisser les pneus. Mes mamelons avaient durci, la vitesse et le danger m'excitaient.

— Je vais te tailler la meilleure pipe, Junior, lui promis-je.

Il grogna et se renfonça sur son siège, réarrangeant son paquet.

— Où la veux-tu ? demandai-je.

— Pardon ?

— Où veux-tu que je te la taille ? Dans cette voiture ? Ou est-elle trop précieuse pour faire ça à l'intérieur ?

Junior grogna, serrant sa verge à travers son pantalon avec ce qui semblait être une force brutale.

— Oh, tu vas me sucer dans cette voiture. Mais je serai dans le siège conducteur.

Je me mis à rire.

— Bien sûr que oui.

— Qu'est-ce que j'ai dit au sujet de me casser les noix ?

— Je ne sais pas, je considère un peu que c'est mon boulot. Je ne sais pas si tu te fais assez souvent casser les noix dans ta vie.

Le regard aux paupières mi-closes de Junior était rivé

sur mon visage et j'aurais juré n'y détecter rien d'autre que de l'affection. De l'affection et du désir.

Ce qui me convenait très bien, parce que conduire la voiture de Junior était vraiment des préliminaires pour moi. Quand j'entrai dans son garage, j'étais tellement excitée que j'étais prête à retirer mes vêtements et à me jeter sur lui. Mais je lui avais promis une pipe, et j'avais l'intention de lui en tailler une bonne.

J'éteignis le moteur et passai par-dessus la console centrale pour me retrouver sur les cuisses de Junior.

Ses mains agrippèrent mes hanches.

— Qu'est-ce que tu fais, poupée ?

Je plaçai mes seins devant son visage.

— Je change de place, dis-je avec une feinte innocence. Ne voulais-tu pas prendre le siège conducteur ?

Sa verge s'allongea sous mes cuisses.

— Je ne suis pas sûr de pouvoir marcher pour le moment, admit-il en soulevant mes hanches et en m'abaissant sur son membre durci.

Ma petite culotte était mouillée, mes mamelons plus durs que des diamants. J'agrippai la poignée et ouvris la portière. Je sortis et me penchai sur lui, les mains sur ses cuisses.

— Peut-être que tu ferais mieux de rester où tu es, alors.

Junior inclina le siège et déplaça ses genoux vers moi.

— Peut-être bien.

Sa voix était rocailleuse et basse.

Je déboutonnai son pantalon et libérai son érection. Junior en saisit la base, tenant toute sa longueur pour moi.

Je tendis la main vers la boîte de bonbons à la menthe dans sa console centrale et en mis un dans ma bouche.

— Dis-moi si le picotement te plaît.

J'ouvris la bouche pour le prendre à l'intérieur.

Sa verge tressaillit et s'agrandit encore alors que je glissais mes lèvres dessus.

— Oh putain, jura Junior en soulevant les hanches pour plonger plus profondément dans ma gorge. Le picotement me plaît sérieusement.

J'émis un « hum » alors que ma bouche effectuait des va-et-vient sur son membre. Je détendis ma gorge et le pris de plus en plus profondément.

— Oh mon Dieu. Tu me tues, gronda-t-il quand j'allai plus vite.

Je me retirai et m'occupais de ses bourses, les léchant et les suçant pendant que je laissai sa verge se calmer à l'air libre. Quand je reposai la bouche dessus et le pris profondément, il cria.

— C'est ça. *Cristo*. Continue à activer cette chaude petite bouche, poupée. Tu vas me faire jouir tellement fort.

Je le suçai aussi fort que je pouvais, ignorant la douleur dans ma mâchoire alors que je donnais tout ce que j'avais. Je voulais que ce soit bon pour Junior. Cela m'excitait de voir l'effet que je produisais sur lui. Je pris ses bourses et massai sa prostate alors que ma tête allait et venait de plus en plus vite.

— Ne t'arrête pas. Oh mon Dieu, ne t'arrête pas, grogna-t-il.

Sa verge tressaillit et ses boules remontèrent.

— Je vais jouir.

Les jets chauds de son sperme salé touchèrent l'arrière de ma gorge et j'avalai, comme je le lui avais promis. Je lui fis une petite toilette avec ma langue, puis lui adressai un grand sourire, contente de moi.

— Desiree, poupée, tu peux conduire ma voiture quand tu veux.

Nous nous mîmes à rire tous les deux.

CHAPITRE ONZE

Desiree

Lors du sixième jour de convalescence de Gio, il eut de la fièvre. Je pris sa température avec le thermomètre de ma trousse médicale, puis sa tension artérielle.

Sa température avait grimpé à 39,4 et sa tension était élevée.

Mince.

Je ne savais pas si c'était dû à sa chute hors du lit, ou à ses sutures qui avaient été arrachées, ou à autre chose, mais ça ne me plaisait pas. En fait, ça m'inquiétait sérieusement.

Je n'étais pas médecin. Je n'avais aucune idée de ce que cette balle avait touché à l'intérieur de Gio. Et si quelque chose s'était infecté, tous les progrès qu'il avait faits cette semaine seraient anéantis. Il pourrait encore facilement mourir.

— Junior, appelai-je de la chambre de Gio.

Il dut entendre la peur dans ma voix parce qu'il arriva immédiatement.

— Qu'y a-t-il ?

— Gio a de la fièvre. Je vais avoir besoin d'un nouvel antibiotique… vois si tu peux te fournir du Keflex. Ou de la clindamycine, mais ça va lui donner la courante. Et de la soupe salée.

Il étudia mon visage, et dut déchiffrer que c'était très sérieux parce qu'il resta professionnel.

— J'y vais maintenant. Autre chose ?

Je secouai la tête, allant dans la salle de bains pour prendre des gants de toilette tièdes et essayer de rafraîchir Gio.

Junior s'en alla. Il me traversa l'esprit que c'était la première fois qu'il me laissait seule, mais c'était tellement hors de propos à cet instant. Soit il me faisait confiance, soit il pensait que c'était une urgence et qu'il n'avait pas d'autre choix. Ça n'avait pas d'importance… j'avais des choses bien plus graves desquelles m'inquiéter.

Je fis une toilette à Gio avec de l'eau tiède, puis je m'assis près de lui. J'avais déjà perdu des patients. Il y avait des fois où cela me brisait le cœur, quoi que l'on fasse pour tenir ses distances.

Mais perdre Gio n'était pas une option.

Il m'était impossible de voir ça se produire. Impossible d'assister à la douleur de Junior.

Je réussis à faire avaler un peu de Doliprane à Gio et passai en revue les possibilités dans ma tête. Le fait que son corps guérissait mais que son état s'était détérioré m'inquiétait. Cela prendrait au moins vingt-quatre heures avant que je ne sache si un nouvel antibiotique fonctionnait. Pendant ce temps-là, il pouvait faire une septicémie.

Mince.

Peut-être que je devais convaincre Junior de l'emmener à l'hôpital. Quand bien même ils feraient probablement la même chose que ce que je faisais ici.

Je pris mon téléphone. Il y avait quelqu'un à qui je

demandais de l'aide quand il semblait que les patients avaient besoin de quelque chose au-delà de la médecine.

Ma mère.

Et elle n'allait pas au travail avant cet après-midi-là.

Je l'appelai et lui parlai en espagnol.

— Mamá, j'ai besoin d'aide. Mon patient a fait une chute hier qui a entravé son rétablissement. Penses-tu pouvoir venir et utiliser ta magie du *reiki* sur lui ?

— Bien sûr, *mija*.

C'était ce qui était incroyable avec ma mère. Si quelqu'un faisait appel à ses services, elle ne refusait jamais. Elle croyait que c'était un don de Dieu qu'elle était obligée de partager quand c'était nécessaire.

— Je suis dans une maison à Oak Park. Tu peux venir ce matin, avant ton service ?

— Oui, répondit ma mère lentement. Oui, je peux venir. Quelle est l'adresse ?

— Je vais te l'envoyer par texto. Tu peux venir toute de suite ?

— Oui, je vais venir tout de suite, assura ma mère, surprise, comme si elle ne savait pas pourquoi je reposais la question.

— O.K., je t'aime, maman. On se voit tout à l'heure.

— *Hasta luego*, bye, dit ma mère avec son habituel mélange d'espagnol et d'anglais.

Le soulagement m'envahit. J'avais déjà vu ma mère accomplir des miracles. Des miracles discrets. Du genre que les gens ne remarquaient même pas parce que ça ne cadrait pas avec leur façon de penser, d'attribuer un revirement soudain à une guérison énergétique directe. Et ma mère s'en fichait, qu'ils l'admettent ou pas. Elle n'était pas attachée à la reconnaissance. Elle donnait simplement d'elle-même et disait qu'elle recevait quelque chose de l'acte de donner. Elle recevait en même temps, et c'était suffisant.

Je fis les cent pas dans la maison, l'estomac noué. Junior avait laissé un de ses hommes de main ici… un des gars qui m'avaient kidnappée dans le parking, mais je pensai pouvoir le gérer. Junior avait dit qu'il était là pour nous protéger, pas pour me garder prisonnière. J'espérais simplement que ma mère entrerait et sortirait avant que Junior ne revienne, parce que je savais qu'il allait flipper.

J'envisageai de lui envoyer un texto, mais je me dégonflai.

La situation était sérieuse, et j'avais dû prendre une décision difficile. Ma mère ne s'attarderait pas sur la manière dont Gio avait été blessé ni sur la raison pour laquelle je le soignais chez lui. Elle ferait peut-être le rapport, mais ça n'aurait même pas d'importance pour elle.

Elle n'était simplement pas comme ça. Ma mère, elle opérait en quelque sorte dans une bulle de gentillesse.

Elle arriva quarante minutes plus tard et je me précipitai dans les escaliers pour la faire entrer.

— C'est bon, c'est ma mère. Elle est ici pour nous aider, dis-je au garde du corps, qui avait sorti son pistolet.

Il me lança un regard incertain.

— Junior est au courant ?

— Bien sûr, dis-je d'un ton cassant, utilisant mon habituelle esbroufe pour le faire reculer.

Heureusement, c'est ce qu'il fit. Il entrouvrit la porte et quand il vit que c'était ma mère, il rangea son flingue.

Elle m'étreignit chaleureusement, m'embrassant sur les deux joues.

— Le voilà, dis-je en la menant à l'étage et en me tordant les mains. Il va prendre un nouvel antibiotique aujourd'hui, mais je n'aime pas qu'il soit brûlant.

Ma mère apporta une chaise près du lit et posa une main sur l'épaule de Gio, l'autre sur sa main.

— Oui, il a chaud, en effet. Nous allons voir ce que nous pouvons faire.

Elle ferma les yeux. Je la regardai un instant.

J'aurais juré sentir mes propres inquiétudes s'écouler alors que ma mère travaillait. Comme si l'énergie me soignait en même temps.

Quand j'étais au lycée et que je rentrais à la maison, tout énervée par quelque chose, elle me disait de m'asseoir et elle posait les mains sur mes épaules et, en quinze minutes, toute mon angoisse existentielle avait disparu.

J'étais sûre qu'un jour on découvrirait la science autour de la guérison énergétique – j'avais même lu un super livre sur un gars qui pouvait guérir des souris du cancer systématiquement et régulièrement –, mais je restais contente de croire que ma mère était magicienne.

Après vingt minutes, j'étais complètement apaisée. L'énergie dans la pièce palpitait d'une vibration pure et fine. Ma mère déplaça la main pour couvrir légèrement la blessure de Gio, bien que la couverture soit remontée et que je ne lui aie pas dit où elle se trouvait. Elle savait simplement où aller.

Elle leva la main au-dessus de la zone, agitant les doigts comme si elle éloignait la chaleur. Sa main décrivit des cercles au-dessus. Elle se souleva et s'abaissa. Cela continua un moment, mais je restai là. L'énergie était trop agréable pour m'en aller et ne pas assister à la guérison.

Après encore dix minutes, ma mère se leva et agita les mains au-dessus du corps de Gio, comme si elle construisait un cocon d'énergie autour de lui. Finalement, elle recula vers moi.

Elle se tourna vers moi et hocha la tête avec un sourire serein.

Je la serrai dans mes bras.

— *Gracias, Mamá.* Je t'aime tellement.

— Et toi ? me demanda-t-elle, reculant et regardant mon visage. Ça va ?

Je hochai la tête, espérant ne pas rougir. J'étais sûre que j'avais changé au cours des jours que j'avais passé ici. J'avais eu plus de rapports sexuels que je n'en avais eu depuis des années. Mes émotions avaient été testées dans tous les sens. Je tombais peut-être amoureuse contre ma propre volonté.

Ma mère hocha la tête comme si elle était satisfaite par ce qu'elle voyait sur mon visage.

— O.K., j'y vais. Je dois déjeuner avant de prendre mon service. Je t'aime.

Elle me donna deux autres bises.

Je la menai en bas et ouvris la porte d'entrée, me félicitant de l'avoir fait entrer et sortir avant le retour de Junior.

Et ce fut là que je vis sa voiture se garer dans l'allée.

Junior

Il me fallut quatre arrêts pour trouver un contact qui me donne le médicament sur ordonnance que Desiree avait demandé. Je dois le dire, j'avais sacrément peur, parce que Desiree semblait être en état d'alerte maximale, de la manière dont elle l'avait été quand elle était arrivée chez moi et avait aidé à stabiliser Gio.

J'admirais à mort qu'elle soit si claire et professionnelle, même quand elle était inquiète. Je supposai que ça faisait partie du boulot.

Il y avait une voiture inconnue garée devant ma maison, ce qui augmenta encore un peu mon sentiment d'urgence. J'avais envoyé Luca pour protéger Gio et Desiree pendant que j'étais parti, parce que nous n'avions toujours pas trouvé Vlad, mais ce n'était pas sa voiture. La sienne était devant. Je me garai dans l'allée et dégainai mon Beretta alors que je sortais de la voiture.

La porte d'entrée bougea, comme si on l'avait légèrement entrouverte et qu'on l'avait refermée.

Bon sang de bois.

La seule chose à laquelle je pouvais penser, c'était que Vlad s'était pointé pour se venger. Qui cela pouvait-il être d'autre ? Je courus vers la porte d'entrée, le flingue le long de ma cuisse. J'agrippai la poignée et la tournai lentement.

Elle s'ouvrit brusquement.

— Salut, Junior, dit Desiree d'une voix faussement joyeuse.

J'avais levé le flingue, mais je l'abaissai, parce qu'elle était la seule personne devant moi. J'entrai dans la maison, regardant derrière elle vers…

Une femme plus âgée.

Une petite femme hispanique avec des cheveux poivre et sel et les yeux de Desiree.

Je remis la sécurité sur mon flingue et le fourrai dans ma poche.

— J'ai appelé ma mère, dit Desiree le souffle court.

La pièce se mit soudain à tourner autour de moi.

C'était quoi ce bazar ?

Les ténèbres envahirent ma vision.

Était-ce un plan élaboré pour s'échapper ? Est-ce qu'elle avait inventé l'état de Gio ? Je lui *faisais confiance*.

Je secouai la tête, prenant une brusque inspiration.

Non, il avait vraiment de la fièvre. Je l'avais senti moi-même.

— Ma mère fait des soins énergétiques, et je voulais

qu'elle travaille sur Gio. Parfois ses traitements font toute la différence dans la guérison d'une personne.

Attendez… quoi ? J'étrécis les yeux, essayant de comprendre ce que Desiree racontait. Elle parlait avec des phrases précipitées qui étaient trop difficiles à suivre. Ou peut-être que c'était mon cerveau qui était trop lent à ce moment-là.

— Mamá, voici mon employeur, Monsieur… hum, Jones. Monsieur Jones, ma mère, Flor de Liz Lopez.

M. Jones. O.K., elle essayait de me couvrir. Mais cette femme était dans ma maison. Et elle venait de voir mon frère blessé. C'était un témoin.

Luca sortit de la salle de séjour, totalement détendu. Abruti.

— Vous avez besoin que je reste dans le coin, patron ?

Je secouai simplement la tête, parce que si je parlais, je serais une vraie brute.

Luca franchit la porte et Desiree la retint, la gardant ouverte.

— Ma mère doit filer pour prendre son service à l'hôpital. Au revoir, maman !

Elle poussa sa mère, la faisant passer à côté de moi, et la mit pratiquement dehors, fermant la porte derrière elle.

Deux secondes passèrent alors que j'essayais de décider si je devais la suivre ou pas.

Mais Desiree se tenait devant moi, se tordant les mains.

— Détends-toi, Junior, dit-elle, mais ses mots étaient suppliants. Elle ne sait rien. Elle n'a pas vu la blessure, elle n'a pas posé de questions. Elle se pointe, fait son truc et s'en va. Pas de quoi s'inquiéter.

Je fis un pas vers Desiree. Je suppose que cela dut lui sembler menaçant, parce qu'elle recula de deux pas, ses pupilles contractées de crainte. Je ne pouvais pas la rassurer, parce que le doute me faisait encore vaciller.

Et l'idée que Desiree ne soit pas digne de confiance me fichait en l'air.

Je ne savais même pas ce que je ferais.

Je ne pouvais pas lui faire de mal. Je ne pensais même pas avoir ce qu'il fallait pour la menacer de quelque chose d'affreux.

— À quoi pensais-tu ? lançai-je d'une voix rageuse. Tu viens de faire de ta mère un témoin.

— Junior, tu n'écoutes pas. *Elle n'a rien vu.* Et même si elle savait tout, tu es en sécurité. *C'est ma mère.* Sa confiance s'aligne sur la mienne. Toujours. Je suis de ton côté, je suis dans l'Équipe Tacone, alors ça veut dire qu'elle aussi. Sans poser de questions, sans l'ombre d'un doute. Nous sommes de la même famille, dit-elle en penchant la tête. Tu le comprends sûrement, ça ?

Le brouillard autour de ma vue commença à s'éclaircir et je pris quelques inspirations plus profondes.

Je suis dans l'Équipe Tacone.

Je suis de ton côté.

Ses mots me firent quelque chose de terrible et de magnifique. Ils me déchirèrent en deux et me transformèrent en quelque chose de nouveau.

Et soudain, je fus sur elle, l'embrassant, emprisonnant l'arrière de sa tête alors que ma langue envahissait sa bouche. Je lui mordillai les lèvres, les suçai. Je les meurtrissais sous l'intensité de mon désir.

Je la portai à l'étage, ses jambes enroulées autour de ma taille, ne rompant jamais notre baiser frénétique. Dans ma chambre, je la posai pour lui arracher son pyjama médical pendant qu'elle s'occupait de mes vêtements. Je lui mordis le cou, la soulevai et la fis atterrir sur le dos sur mon lit.

Je voulais la récompenser pendant des heures, mais il y avait trop de pression accumulée – comme si toute ma vie, toute mon essence venait d'être relâchée et voulait se déverser sur elle. Il m'était impossible de l'arrêter. Je lui arrachai sa petite culotte et remontai un de ses genoux pour festoyer entre ses jambes. Ce n'était pas des préliminaires nuancés : je n'étais pas capable de faire preuve de précision. On aurait davantage dit que je la dévorais. Je suçai, mordillai et plongeai la langue dans son orifice. Puis, je ne pus plus attendre. J'arrachai mon boxer et déroulai un préservatif en un temps record, puis je me retrouvai sur elle.

La transperçant de mon érection.

Prenant possession d'elle avec chaque once de mon être.

Je m'enfonçai brutalement. Elle cria, mais ses yeux étaient fermés, sa tête inclinée en arrière de plaisir.

Bon sang, j'avais besoin d'elle. Je plantai les mains au-dessus de ses épaules pour qu'elle ne puisse pas glisser, et je la baisai de toutes mes forces. C'était brutal.

Enragé.

C'était bien plus bestial qu'humain.

Je ne savais pas que j'avais toute cette passion en moi, mais elle était là. Se déversant, se mêlant à la sienne, faisant de moi un nouvel homme. De nouveau entier.

Et toujours ses bruits : des cris, des gémissements et des supplications incohérentes.

— Desiree, dis-je d'une voix étranglée.

Parce qu'il fallait que je prononce son nom. Le nom de la femme qui m'avait fait ça. Qui m'avait mis sens dessus dessous. M'avait remodelé.

Elle ouvrit les yeux et tendit les bras vers moi. Elle enfonça les ongles dans mon dos alors que je m'enfonçais dans son corps souple. Elle enroula ses jambes autour de ma taille et croisa les chevilles derrière mon dos, utilisant ses jambes pour m'encourager à m'enfouir encore plus profondément, plus fort. Pour me montrer qu'elle en avait envie. Qu'elle en voulait plus.

Et je ne me retins pas. Le lit percutait le mur, le matelas rebondissait et tremblait alors je prenais cette femme, lui donnant chaque once de tout ce que j'avais.

Un flot d'italien sortit de ma bouche. Je babillai plus qu'elle. Mes cuisses se tendirent, la foudre me frappa à la base de la colonne vertébrale. Je rugis comme un fichu lion, j'allais et venais en elle si fort que je craignais de la briser. Puis je restai enfoui profondément.

— Vas-y, Desiree, jouis, bébé.

Je la suppliai de jouir parce que je ne pouvais pas retenir mon orgasme, et je n'avais ni la coordination ni les neurones pour m'assurer qu'elle prenait son pied.

Elle s'exécuta. Ses muscles se tendirent et enserrèrent ma verge à la minute où je le lui dis, une rapide pulsation qui la fit s'étouffer sur un cri, et elle projeta la tête en arrière, les yeux révulsés.

Je remplis le préservatif. Bon sang, j'éjaculai tellement que je craignais qu'il ne retienne pas tout. Puis je me retrouvai allongé sur elle, haletant contre son cou, écoutant ses cris qui faiblissaient.

— As-tu trouvé les antibiotiques ? demanda-t-elle après un moment.

Je jurai et me retirai.

— Oui. Oui, je les ai.

Je me débarrassai du préservatif et sortis les antibiotiques de la poche de mon manteau.

Desiree enfila mon débardeur et son pantalon de pyjama médical sans sa petite culotte.

Je souris, la satisfaction de la voir dans mes vêtements déferla en moi. Je lui tendis les antibiotiques et enfilai mes vêtements, puis la suivis dans la chambre de Gio.

Elle les avait déjà injectés dans la perfusion.

— Regarde, dit-elle doucement en levant le menton vers Gio. Il a déjà meilleure mine. Je ne suis pas très croyante, mais je jurerais que ma mère a une ligne directe avec Dieu. Ou une source d'énergie... peu importe comment tu veux appeler ça.

Je m'immobilisai. Je n'avais même pas compris ce qu'elle m'avait dit tout à l'heure. Sur la raison pour laquelle elle avait fait venir sa mère ici. Mais elle avait raison. Il n'y avait aucune trace de l'habituelle agitation douloureuse autour de Gio. Les rides sur son visage s'étaient adoucies, et il avait l'air paisible. Sa respiration était régulière. Je touchai son front. Toujours chaud, mais pas aussi brûlant que le matin.

J'attirai Desiree contre moi et lui embrassai le dessus de la tête. Puis, parce qu'elle n'avait pas de soutien-gorge et que ses mamelons ressortaient à travers mon haut fin, je fus obligé de prendre son sein dans ma paume. Il fallait que je passe mon pouce sur l'extrémité durcie.

Puis je serrai ses fesses.

— Est-ce que ma punition est terminée ? demanda-t-elle alors que ses lèvres s'incurvaient en ce sourire railleur que j'aimais tellement.

Je glissai un de mes doigts entre ses fesses, ce qui était facile puisqu'elle ne portait que son pantalon... pas de petite culotte.

— Bébé, ce n'était pas une punition, murmurai-je. C'était ta récompense. La punition viendra plus tard.

Je recourbai le doigt pour toucher son anus, lui montrant exactement comment j'allais la réprimander.

Elle remua fébrilement, et mon autre main se posa sur son pubis pour la stimuler des deux côtés. Sa respiration sortait en courts halètements. Je la lâchai, ce n'était que pour la taquiner et la tenir en haleine. Je planais toujours après sa révélation. J'étais toujours envahi par la gratitude, voulant la récompenser de toutes les manières possibles.

~

Desiree

Hum, waouh.

Je ne savais sérieusement pas ce qui venait de se passer.

Une minute, je flippais, essayant de faire comprendre à Junior que ma mère n'était pas une menace, la suivante, il me pilonnait comme si c'était la fin du monde et que c'était notre dernière chance de coucher ensemble. À jamais.

Du début à la fin, je n'avais pu déterminer si c'était une punition ou une récompense.

Non, je supposai que je savais que ce n'était pas une punition. C'était peut-être la relation sexuelle la plus brutale que j'avais jamais eue, mais ce qui était sorti de lui était de la passion pure. Je n'avais simplement aucune idée de ce qui avait déclenché ça.

Je retournai dans sa chambre et m'habillai correctement. Il était dans le dressing, se tenant devant ce qui devait être un coffre-fort ouvert.

Quand il en sortit, il lança trois grosses liasses d'argent sur le lit.

— C'est pour toi.

— Attends… qu'est-ce que c'est ?

Je ne sais pas pourquoi, mais l'argent me choqua… désagréablement.

— Est-ce que tu te débarrasses de moi ? demandai-je.

Que se passait-il donc ? Était-ce une relation sexuelle d'adieu ?

— Non, non, non.

Il s'avança vers moi et me prit par l'épaule pour me faire pivoter vers lui.

— Je voulais simplement te donner quelque chose. C'est juste… un geste de bonne foi. Je te paie juste avec de l'avance. Tu m'as juré ton allégeance. Je voulais en faire autant.

C'était quoi ce bazar ? J'étais toujours perplexe. Je savais qu'habituellement j'adorais l'argent et que je pensais toujours qu'avoir un gars qui me couvrirait avec serait l'ultime excitant, mais là, j'étais vraiment offensée.

Mon allégeance ? Je n'étais pas loyale pour l'argent. J'étais loyale parce que je me souciais de cette famille. De ces deux hommes. Et l'argent était censé être à moi pour avoir fait le boulot, indépendamment de ma loyauté.

Mais je compris que ma déclaration de loyauté signifiait quelque chose pour lui. Quelque chose d'important. Et qu'il se sentait reconnaissant. Ce qui expliquait l'incroyable rapport sexuel.

— D'accord, l'argent n'était pas le bon truc, dit-il en balayant littéralement le lit de la main pour faire tomber l'argent sur le sol comme si ce n'était rien. Que dirais-tu de ça ?

Il passa les bras autour de moi, attirant mon dos contre son torse.

— J'ai tous les privés de l'État qui cherchent ton petit garçon. Je les ai mis dessus dès que je l'ai découvert. Je te promets que je te le ramènerai sain et sauf.

Mes genoux fléchirent, la pièce tournoya.

— Qu-quoi ? demandai-je, la voix tremblante.

Je me retournai dans ses bras pour voir son visage. Il hocha la tête, solennellement.

Tout ce que je pus faire, ce fut de jeter les bras autour de son cou, de l'étrangler sous l'intensité de ma gratitude. Puis je me mis à pleurer… mes larmes mouillant son cou, mon mascara s'étalant sur son col blanc.

— Merci, chuchotai-je.

Il passa ses mains sur mon dos de haut en bas et je me sentais tellement en sécurité. Qu'on se soucie tellement de moi. Que je sois chérie, même. C'était une sensation incroyable... que je n'avais jamais éprouvée avec un homme.

Il prit tendrement ma joue et effaça mes larmes de son pouce.

— Mais j'aurai quand même l'argent, n'est-ce pas ?

Je tentai de blaguer pour détendre l'atmosphère.

Son sourire était terriblement chaleureux et je me délectai de son éclat.

— Bien sûr.

— Tu es affreusement mignon pour un patron de la mafia, lui dis-je.

Quelque chose sur son visage se referma... la partie de lui qui se détestait, supposai-je.

— Tu es la seule personne de tout l'univers qui le pense.

Et je me souvins à quel point il était à cran avec ses frères et sa sœur. La manière dont ils agissaient tous comme s'il était un alligator sur le point de les mordre.

Je l'ai changé.

C'était une pensée stupide et dangereuse, mais j'adorais la sensation qui l'accompagnait.

C'est un homme différent avec moi.

Je pensais que ce devait être vrai. Soit ça, soit personne n'avait jamais reconnu sa douceur cachée. Personne ne s'était donné la peine de le regarder et de la voir.

Dans tous les cas, cela me rendait encore plus loyale. Prête à le défendre. À être de son côté.

Amoureuse.

Mince. Je ne pouvais pas être amoureuse d'un caïd de la mafia.

Je ne pouvais pas.

Mais je l'étais.

~

Junior

L'état de Gio continua à s'améliorer pendant l'après-midi. Pendant que Desiree lui donnait un peu de soupe salée, je commandai à manger pour nous deux.

Quand elle me rejoignit, nous mangeâmes dans la salle de séjour pendant que nous regardions *La Vengeance dans la peau* à la télé. C'était si normal, si confortable que je devais me forcer à me souvenir de ne pas m'y habituer.

Plus tard, je surpris Desiree après qu'elle eut terminé ses vérifications sur Gio. Je me faufilai derrière elle et passai une main devant sa bouche, l'autre autour de sa taille.

Elle cria dans ma paume.

— C'est l'heure de ta punition, poupée, grondai-je à son oreille alors que je l'entraînais à reculons, hors de la chambre.

Ses pieds peinèrent à me suivre et j'emplis mes narines de son odeur. Ses cheveux soyeux sentaient bon la pomme, sa queue-de-cheval glissait contre mon cou alors que nous nous déplacions.

Une fois que nous fûmes arrivés dans ma chambre, je m'arrêtai et défis le cordon de son pantalon de pyjama médical, le laissant tomber sur le sol. Le haut suivit ensuite, puis je lui fis faire volte-face vers moi. Elle portait des dessous bordeaux en satin et en dentelle ce jour-là. Je grognai d'approbation, tendant la main pour agripper ses fesses et les serrer.

— Tu assortis toujours ton soutien-gorge avec ta petite culotte ?

— Eh bien, j'avais emmené les plus beaux, admit-elle.

Une satisfaction enivrante me traversa.

— Pour moi ? grondai-je.

— Je suppose. Ouais.

Elle tendit les mains vers les boutons de ma chemise mais je les attrapai dans une des miennes.

— Non, non. C'est moi qui commande.

Je pris sa petite culotte à l'arrière et tirai dessus, l'étirant dans la raie de ses fesses. Elle se mit sur la pointe des pieds, tombant contre moi. Avec ma main libre, je frappai une de ses fesses.

— Tu as encore brisé les règles, bébé, dis-je en tirant et en relâchant gentiment sa petite culotte, frottant le tissu tendu contre son anus et sur son clitoris. Tu sais ce que ça veut dire ?

— Quoi ?

Sa voix voilée atteignit directement ma queue.

— Ça signifie que tu vas te faire baiser ton magnifique derrière.

Ses cuisses se refermèrent brusquement et ses fesses se serrèrent étroitement en même temps que sa respiration se coinçait.

Je lui mordillai l'oreille en agrippant ses fesses à deux mains, massant ses muscles tendus.

— Tu ferais mieux de t'entraîner à détendre tout ça, bébé. Plus tu me résisteras, plus ce sera dur pour toi.

Ses fesses se détendirent, d'abord l'une, puis l'autre.

— C'est bien, murmurai-je alors que je dégrafai l'arrière de son soutien-gorge. Fais ce que je te dis et je pourrais bien te laisser jouir quand j'aurai terminé.

Elle releva brusquement la tête, les yeux flamboyant de son défi habituel. Je souris et lui touchai le nez.

— Je vais commencer par faire rougir ton cul.

Ses pupilles étaient déjà dilatées, sa respiration courte. Je m'assis sur le lit et l'attirai sur mes genoux.

— Et je pensais te le faire à l'ancienne.

Je frappai son fessier du plat de la main.

Elle émit un petit cri surpris.

Je frottai l'endroit que j'avais frappé, puis abaissai sa petite culotte et la lui retirai.

— Ton derrière est si joli avec mes empreintes, bébé.

Desiree émit un son inintelligible. Bien, elle commençait déjà à sortir ses petits bruits sexy. J'avais l'intention de faire en sorte que ce soir-là soit bon pour elle, même si cela dépassait ses limites. J'avais déjà lancé un tube de lubrifiant sur le lit et j'avais l'intention d'en utiliser plein. J'appelais peut-être ça une punition, mais je voulais que ce soit la plus agréable des punitions.

Je lui donnai une fessée. C'était plus satisfaisant que je ne l'aurais cru… l'avoir penchée sur mes genoux comme ça était une vraie punition et pas seulement un jeu sexuel cuisant. Peut-être qu'il y avait un brin de vraie discipline là-dedans. À lui rendre la monnaie de sa pièce pour m'avoir fait transpirer ce matin-là, pour avoir cru qu'elle avait trahi ma confiance avant qu'elle ne mette mon monde à l'envers en me jurant sa loyauté.

J'aimais cette femme.

Bon sang, c'était fou à admettre, mais comme mes plus jeunes frères, j'étais soudain un homme transformé.

À cause d'une femme.

Et son abandon devant moi, la manière dont elle se tortillait sur mes cuisses pendant que je faisais rosir ses jolies fesses… c'était un niveau d'intimité que je n'avais jamais eu avec personne… pas même ma… femme.

Punaise, je devais régler ce détail. Je ne pouvais pas rester marié quand je ressentais ça pour Desiree. Même si je n'avais pas touché Marne depuis des années.

Je m'arrêtai de la fesser et fis tourner ma paume sur la peau échauffée de Desiree. Elle gémit doucement. Davantage un « hum » ou un ronronnement. C'était ça... elle ronronnait. Je glissai mes doigts entre ses cuisses, et je ne fus pas surpris quand je découvris qu'elle était trempée. Sa chair était humide et gonflée, accueillant mon contact. Je glissai facilement deux doigts en elle, allant et venant. Je tendis mon autre main vers la bouteille de lubrifiant et l'ouvris du pouce.

— Tu es prête pour te faire baiser par-derrière, bébé ?

J'écartai ses fesses avec les doigts d'une main et appliquai une dose de lubrifiant sur son anus.

— Non, dit-elle du ton d'une adolescente renfrognée.

Mince, c'était tellement mignon que je voulais l'embrasser jusqu'à ce qu'elle perde la tête, mais à la place, je lui donnai une tape sur les fesses.

— Mauvaise réponse, poupée.

J'y allais immédiatement, massant son anus, appliquant une douce pression jusqu'à ce qu'elle se détende et qu'elle laisse s'insinuer mon doigt. Ses gémissements devinrent plus éperdus à la minute où je pénétrai son derrière, montant dans les aigus, ne s'arrêtant jamais. J'utilisai mon doigt pour l'étirer, l'habituer à la sensation d'avoir quelque chose dans le cul.

— C'est ça, bébé. Soumets-toi. C'est la baise par-derrière que tu me suppliais d'avoir depuis la minute où tu es arrivée ici.

Des fluides de plaisir gouttaient de son intimité et ses cris se déchaînèrent.

Je retirai mon doigt et la fessai.

— Penche-toi sur le lit, bébé, ordonnai-je en la faisant

glisser de mes cuisses avant de la positionner de sorte que ses fesses soient bien exposées et prêtes pour moi. Si tu prends ma queue comme une gentille fille, je te laisserai te toucher pendant que je te punis.

Elle n'attendit pas la permission. À cette suggestion, elle glissa immédiatement la main entre ses jambes et commença à s'activer sur ses replis humides, ce qui rendit ma verge douloureuse encore plus dure.

Je baissai la fermeture Éclair de mon pantalon et libérai mon érection, puis la lubrifiai bien. Écartant ses fesses, j'alignai le gland avec son anus.

— Prends-la, lui dis-je, poussant sans aucune force.

Elle prit une inspiration, puis la relâcha, et les muscles tendus s'ouvrirent pour me laisser entrer. J'y allai lentement, l'étirant largement, la remplissant.

Je sentais ses doigts s'activer frénétiquement entre ses cuisses, donnant la stimulation nécessaire à son clitoris pour faire de cela un plaisir et pas une gêne.

— Est-ce ainsi que tu pensais que ça se passerait, poupée ? Dans tes fantasmes ?

— Oui, gémit-elle. Junior, s'il te plaît.

Je tremblais sous l'effort de me retenir. *Cristo*, je voulais la pilonner jusqu'à ce qu'elle hurle, mais j'étais plus avisé que ça. J'y allais tout doucement, la pénétrant directement, ressortant tout droit, prenant soin de ne pas trop l'étirer.

— Tu désires quoi, bébé ? Tu veux que j'y aille plus fort ?

— Non ! cria-t-elle. Oui. Attends, je ne sais pas.

J'émis un petit rire.

— Ne t'inquiète pas, poupée. Je vais prendre soin de toi. Je sais exactement comment tu as besoin d'être baisée ce soir, et je vais te faire ça bien. Tu aimes que je te baise par-derrière ?

Elle geignit.

— Humm ?

— Oui… je ne sais pas. *S'il te plaît.*

— Que je te laisse jouir ? Pas avant moi. Tu connais les règles. Ces fesses m'appartiennent ce soir, et je vais bien les baiser avant de te laisser prendre ton pied. *Capiche* ?

— *Capito, capito, capito.* Junior. Oh mon Dieu. Junior. Qu'est-ce que tu me fais ? Seigneur, c'est bon. C'est tellement bon. Tellement dingue. Oh attends, c'est trop. C'est trop. Attends, s'il te plaît. Encore. Oh mon Dieu. *Junior.*

Je laissai la vague de babillements sexuels de Desiree couler sur moi, une autre poussée de plaisir pour mes sens. Le son de cette fille sur le point de s'enflammer.

Je la tenais par les hanches et augmentai mon rythme, veillant toujours à ne pas être brutal ni erratique dans mes coups de reins.

— Tu regrettes maintenant, bébé ? Tu regrettes vraiment ?

— Oh mon Dieu, Junior, je regrette tellement, bon sang. S'il te plaît, s'il te plaît, s'il te plaît, laisse-moi jouir. Il faut que je jouisse. J'ai besoin de jouir tout de suite. Oh s'il te plaît, Junior, s'il te plaît, finis. J'ai besoin de plus. J'ai besoin que ça se termine. J'en ai tellement besoin.

Si j'avais eu moins de scrupules, j'aurais enregistré ses babillements sexuels pour les réécouter à mon aise. C'était comme la chanson d'une sirène, me rendant fou de désir.

J'empoignai ses hanches et percutai ses fesses en la pénétrant. Je restai tout contre et effectuais des va-et-vient pendant qu'elle hurlait d'excitation.

Bon sang, j'allais jouir. Avant même que je n'en aie conscience, j'y étais. Je m'enfonçai et restai là, jouissant à l'intérieur d'elle pendant que je passais les mains de haut en bas sur son dos sous l'afflux soudain du plaisir.

Ne sachant pas si elle avait joui, je passai la main sous

ses hanches pour l'aider, la pénétrant et frottant ma paume sur son clitoris.

— Jouis, bébé.

— C'est trop, hurla-t-elle.

Mais elle jouit effectivement, son anus et son intimité se resserrèrent, provoquant une réplique d'orgasme chez moi.

— C'est ça, bébé, susurrai-je.

Je continuai à bouger mes doigts en elle jusqu'à ce qu'elle se détende et ne soit plus qu'une poupée flasque sous mon corps. Puis j'entrepris de m'extirper.

— Viens là, mon ange.

Je la tirai par les hanches pour la remettre sur pieds.

Elle se déplaçait comme si elle était droguée, souple et molle.

— Je vais te laver dans la douche, murmurai-je avant de la porter dans mes bras jusqu'à ma salle de bains.

∼

Desiree

J'arrivai à peine à lever la tête. Junior se tenait sous le jet chaud de l'eau avec moi, ses mains parcourant chaque centimètre de mon corps, me savonnant, me lavant et me savonnant de nouveau. J'étais appuyée contre le mur, lui souriant à travers les gouttelettes.

Je ne l'avais jamais vu avec cette expression. Son regard n'était que chaleur, tellement différent de son habituel visage endurci que je le reconnaissais à peine. Et la chaleur était totale, si bien que j'aurais pu m'y prélasser comme au soleil. Je me sentais aimée et appréciée... chérie même.

Junior me shampooina les cheveux avant de me mettre de l'après-shampooing, et, quand il eut tout fait excepté me raser les jambes, il m'encadra de ses bras musclés et me fixa, son nez frôlant le mien.

— Ça va ? demanda-t-il en glissant une de ses mains derrière moi pour me pincer les fesses. Pas trop endolorie ?

Je secouai la tête. J'étais toujours à cent pour cent béate.

Il écarta quelques mèches de cheveux humides de mon visage et posa la main sur ma joue.

— Ça va ?

Je hochai la tête. Je suppose que j'avais épuisé tous mes mots pendant le sexe. Seigneur, j'étais comme une poupée gonflable qui parlait non-stop : gonflez-moi, et je gémirais et commenterais tout ce qui se passait.

— Que puis-je faire pour toi ? demanda Junior, comme s'il ne venait pas de porter mes grosses fesses ici et de me gâter comme une princesse.

Comme s'il n'avait pas déjà fait ce qui comptait le plus : utiliser son pouvoir pour m'aider à récupérer Jasper. Ou les petites choses comme garder un stock de ma glace préférée dans son congélateur.

Je secouai la tête.

— Rien. Tu as déjà tout fait.

Il continua à m'étudier, comme si j'allais peut-être révéler un besoin caché. Quand l'eau commença à tiédir, il l'arrêta et attrapa d'abord une serviette pour moi, puis une pour lui.

— Tu vas dormir dans mon lit, dit-il.

— Est-ce un ordre ?

Je le taquinais, parce qu'à sa manière habituelle Junior avait omis de me le demander. Ou de dire « s'il te plaît ».

Ses lèvres se plissèrent en un demi-sourire.

— Tu veux que je te dise « s'il te plaît » ? Tu as besoin que je te supplie ? demanda-t-il avant de secouer la tête. Rien à faire. Tu dors dans mon lit, un point c'est tout.

Je me mis à rire, parce que c'était complètement ridicule et totalement Junior.

— C'est toi le patron, dis-je doucement.

Il sourit.

— Et comment. Et tu ferais bien de ne pas l'oublier.

Il m'aida à sortir de la douche et me mena par la main jusqu'au lit où il me retira la serviette et me regarda me glisser nue dans son lit.

Puis il laissa tomber sa serviette et me rejoignit.

CHAPITRE DOUZE

Desiree

Je me réveillai dans les bras de Junior. C'était une sensation incroyable. Le frôlement des poils doux de son torse contre ma joue, la faible odeur de son parfum qui disparaissait ainsi que celle, addictive, de sa peau.

Je n'arrivais pas à croire qu'il soit le genre d'homme à tenir une femme dans ses bras toute la nuit, mais nous y étions. Ma jambe passée sur ses hanches, sa verge alignée et prête à glisser entre mes jambes. À l'instant où je remuai, sa verge s'agita, l'érection du matin activée et prête à faire feu.

Je tendis la main entre nous et agrippai sa verge. Elle enfla contre ma cuisse, touchant légèrement mon intimité.

— *Cristo*, bébé. Tu as intérêt à être prête pour le monstre que tu réveilles.

Je gloussai et sortis du lit pour filer dans la salle de bains.

— Tu ferais mieux de revenir au lit, cria-t-il derrière moi.

— Sinon quoi ? lançai-je.

J'allai aux toilettes et me rinçai la bouche avec le bain de bouche posé sur le plan de travail. Il passa à côté de moi lorsque je revins.

— Retourne dans ce lit, sinon ça va te coûter cher.

— Humm, c'est un choix difficile, dis-je en allant d'un pas nonchalant vers le lit.

Je voulais retourner au lit, mais j'aimais aussi quand ça me coûtait cher.

Junior se mit à rire dans la salle de bains. Quand il en ressortit, il tenait une poignée de préservatifs dans la main.

Je levai mon pouce et mon index comme si je mesurais quelque chose.

— Je vais payer une petite facture ?

— Je vais te la sortir la facture, *bambina*.

Bambina. C'était mignon. Était-ce comme ça qu'ils avaient trouvé le nom de Bambi ?

Junior me souleva les jambes en m'attrapant par les chevilles et me fessa une douzaine de fois. *Bien* trop fort. Je hurlai, glapis et me tortillai.

— Nouilles au fromage ! Beurre de cacahuète ! C'était quoi mon mot de sécurité, bon sang ? gloussai-je.

Junior lâcha mes chevilles, le rire dansant dans son regard affectueux.

— Était-ce une facture suffisante ? gronda-t-il d'un ton bas et séducteur.

Je hochai la tête, les yeux concentrés sur son visage, me délectant de sa vue. Mon bel amant brun. Dangereux, merveilleux.

Parfait.

Il grimpa au-dessus de moi et m'écarta les cuisses avec ses genoux, puis déroula un préservatif sur sa verge complètement en érection.

— Tu es endolorie aujourd'hui ?

Il passa le pouce sur ma vulve.

J'étais déjà trempée. J'aurais juré que ma libido s'était multipliée par douze depuis que j'étais arrivée dans cette maison. Je savais qu'on disait que la libido d'une femme augmentait avec l'âge, et j'avais la petite trentaine maintenant, mais jusqu'à cette semaine, elle était minimale.

Mais maintenant ? J'étais prête à chaque fois que j'entendais le souffle rauque de Junior. Ou que je voyais les traits virils de son visage.

Je hochai la tête.

— Endolorie d'une bonne manière, lui affirmai-je.

J'étais sensible entre les cuisses et au fond de moi, parce qu'il était si long qu'il avait atteint le col de mon utérus.

Il se pencha et déposa un baiser au sommet de mes grandes lèvres, sur mon clitoris. C'était chaste, doux et frustrant. Mais il le fit suivre d'un passage de sa langue. Il suça le bouton. Il le mordilla une fois. Puis ses pouces écartèrent mes lèvres et il se lâcha.

Je poussai un cri perçant et tressaillis, mon intimité se tendait et se relâchait et mes cuisses frissonnaient.

— S-s'il te plaît, Junior.

Je le suppliais déjà.

— Oh tu n'as pas besoin de me supplier, mon ange. Je vais intégralement te la mettre.

— M-maintenant ? gémis-je.

Oui. J'étais impatiente à ce point de recevoir sa queue. Le besoin qu'il me remplisse était constant. Le cunnilingus était génial mais insuffisant.

Il me suça intensément le clitoris, puis leva la tête, ses lèvres brillaient de mes fluides.

— La patience n'est pas mon point fort non plus, poupée.

Il frappa légèrement mon intimité et grimpa au-dessus

de moi, sa verge gainée toucha mon orifice et se dirigea là où était sa place.

— B-baise-moi.

Ma voix était si lascive.

Le sourire de Junior était narquois. Il s'introduisit doucement, ce dont j'étais reconnaissante. Je suppose que j'étais encore plutôt endolorie même si c'était également incroyable. Il regardait mon visage de près, comme s'il cherchait des signes de souffrance.

— Ça va ?

Je hochai la tête, incapable de détourner les yeux de son regard chaleureux. Je m'y prélassais. Je me noyais dedans. Le lien entre nous était incroyable. Je n'avais absolument jamais connu ça avec qui que ce soit avant.

Il me pénétrait tout en me remplissant, caressant mes entrailles, assouvissant mon besoin qu'il me possède. Nous ne rompîmes jamais le contact visuel. Je levai les hanches à la rencontre des siennes en une danse que nous connaissions tous les deux. Un rythme que nous partagions. C'était plus sensuel que sexuel. Ce n'était pas le besoin brûlant et frénétique de la veille. Mais quelque chose de plus profond. De plus doux. De plus significatif.

— Desiree, je ferais n'importe quoi pour toi, bébé.

Je tendis les mains vers lui, caressai les muscles bandés de ses bras, de ses épaules, de son torse. Je passai les ongles sur ses mamelons tendus.

— Je sais, chuchotai-je.

Parce que c'était vrai. J'étais sûre que cet homme tuerait pour moi. Enfreindrait la loi pour moi. Me protégerait de sa vie. J'essayai de ne pas écouter la voix dans ma tête qui me disait qu'un homme comme lui était bien trop dangereux pour que je l'aime.

— Je suis désolé de t'avoir entraînée là-dedans.

Ma poitrine se gonfla et se tordit. Les excuses qu'il me

devait. Enfin. Bien sûr, elles arrivaient quand je n'en avais plus besoin. Que je lui avais déjà pardonné. Bon sang, je lui avais pardonné le premier soir, quand il m'avait regardée manger de la glace comme si j'étais la plus magnifique sur terre. Mais j'avais le sentiment que s'excuser était un acte inhabituel pour lui. Tout comme utiliser « s'il te plaît » et « merci ». Alors j'accueillis cet instant, le chérissant comme un autre cadeau qu'il m'aurait offert.

— Excuses acceptées, murmurai-je en tendant les mains vers son visage, voulant l'attirer dans un baiser.

Il se déplaça pour faire reposer son poids sur sa main derrière mon épaule, mais ne me donna pas de baiser. À la place, il prit mon visage dans sa main, son contact était infiniment doux, alors même que ses coups de reins devenaient plus durs.

— Sauf que si je devais le refaire, je ferais la même chose. Je ne voudrais pas rater ça.

Ma poitrine se fendit en deux... elle explosa parce que mon cœur était devenu trop grand pour elle. Je retins mes larmes.

— Moi non plus, admis-je.

C'était la vérité. Je n'aimais peut-être pas être tombée amoureuse d'un mafieux, mais c'était le cas. Et j'aurais recommencé.

Junior ferma les yeux, comme si ce qui existait entre nous était trop fort pour lui aussi. Quand ses yeux se rouvrirent, il augmenta la vitesse de ses coups de reins, tout en gardant les doigts sur mon visage en une douce exploration de ma joue, de mes lèvres et du côté de mon cou.

— Je ne veux pas que ça se termine, dit-il d'une voix rauque.

Je ne pouvais pas dire s'il parlait du rapport sexuel ou de nous.

Je ne voulais qu'aucun des deux ne se termine non plus.

Mais bien sûr, tout avait une fin. C'était une de ces vérités de la vie qu'on ne pouvait combattre. Qu'on ne pouvait jamais vaincre.

Il jouit.

Je jouis.

Cela se termina.

Et cela se terminerait probablement entre nous aussi.

Il fallait que ça se termine entre nous aussi.

Mais pour l'instant, nous pouvions simplement prétendre que cette fin n'arriverait pas.

— *Cazzo*.

Junior se retira.

— Quoi ?

Je me redressai sur les coudes pour voir ce qui le faisait jurer.

— Le préservatif s'est enlevé. Mince, bébé, je suis vraiment désolé.

— Seigneur, quelles pouvaient être les probabilités ? C'était le rapport sexuel le plus calme que nous ayons jamais eu.

Son visage se plissa en un sourire ironique… il était doux et innocent et, pendant une seconde, je pensai avoir entraperçu à quoi il avait dû ressembler dans sa jeunesse.

— Laisse-moi le récupérer. Peut-être qu'il a quand même attrapé l'essentiel de mon jus.

Dans le moment le moins sexy de notre relation, Junior glissa les doigts en moi pour localiser le préservatif disparu.

Il jura encore en italien lorsqu'il le sortit.

Il y avait un poids sur ses épaules alors qu'il allait à la

poubelle et le jetait. Quand il revint, son visage était de nouveau fatigué.

— Nous allons te prendre la pilule du lendemain. Je suis désolé que ce soit arrivé.

D'autres excuses. Je pourrais m'habituer au côté doux de Junior.

J'étais encore béate grâce à l'orgasme... non, grâce à bien davantage que l'orgasme, grâce à l'intimité et le partage que nous venions de vivre, alors il me fallut quelques instants pour comprendre ce qu'il avait dit.

— Pas de pilule du lendemain, dis-je en roulant hors du lit.

— Desiree...

Mon prénom semblait si lourd sur ses lèvres. Comme s'il était épuisé après des années de combat.

— Sérieusement, Junior.

Je n'étais pas prête à bloquer une grossesse. Pas quand mon cœur saignait pour mon bébé. Pas quand je considérais la joie que ce petit garçon m'avait apportée.

— Si c'est le destin, c'est le destin, lui dis-je, même si la logique disait que j'aurais dû bien y réfléchir.

Avoir l'enfant de Junior Tacone nous lierait pour la vie. Et s'il attirait mon enfant dans la vie qu'il détestait ? Je ne le permettrais pas.

Mais malgré tout... je n'en avais pas fini avec l'envie d'avoir des enfants. Je savais simplement qu'il valait mieux ne pas en avoir un autre avec Abe.

Junior se tourna vers moi et passa les doigts dans ses cheveux, les ébouriffant dans tous les sens.

— Bébé...

Encore une fois, il sembla terriblement fatigué.

— Je ne peux pas. Je ne peux vraiment pas.

Je me détournai de lui et ramassai mes vêtements sur le sol.

— Ce n'est pas ta décision. C'est mon corps. Mon choix. Fin de la discussion.

— Desiree.

Il tendit la main vers moi, puis sembla changer d'avis, et à la place il se précipita pour m'empêcher d'aller dans la salle de bains.

Je m'armai de courage, le menton levé, les narines dilatées.

Il leva les paumes en signe d'abandon, mais je vis une détermination égale dans la position de sa mâchoire et dans la ligne ferme de ses lèvres.

— Je ne peux pas, Desiree. Je suis sérieux.

— Pourquoi pas ? demandai-je.

Je me mettais en colère

— Parce que tu es toujours marié ?

— Non… non, bon sang. Pas à cause de ça.

Sa gorge remua comme s'il essayait de déglutir. Le tourment brûlait dans ses yeux.

— Je… J'avais une enfant.

Il avait la voix étranglée. Je sentis soudain sa douleur comme un raz-de-marée nous renversant tous les deux.

Mon souffle quitta ma poitrine, je restai bouche bée.

— V-vraiment ?

Ma voix était réduite à un simple chuchotement.

Il hocha la tête, clignant rapidement des yeux.

— Elle s'appelait Mia.

S'appelait.

Oh mon Dieu. Il avait perdu un enfant. C'était la pire chose que je pouvais imaginer.

Je me mis à pleurer avant même qu'il ne puisse sortir un autre mot.

— Elle s'est noyée dans la piscine de notre jardin. Ma femme est rentrée pour répondre au téléphone, et Mia est tombée dedans, et…

Ses mots s'étouffèrent.

Je me précipitai vers lui et passai les bras étroitement autour de sa taille.

— Je suis vraiment désolée, sanglotai-je. C'est si affreux. Je suis vraiment désolée.

Il prit une inspiration irrégulière.

— Elle avait trois ans. C'était la petite fille la plus douce de la terre avec ses boucles blondes et une petite voix joyeuse qui n'arrêtait jamais de bavarder.

Sa voix se brisa. Revint. S'étouffa.

Je lui frottai le dos comme il avait frotté le mien la veille. Je pressai ma joue contre son torse, très fort. Comme si je pouvais d'une manière ou d'une autre m'y enfoncer et sortir la douleur directement de son cœur.

Ses bras étaient si serrés autour de moi que je ne pouvais plus respirer, mais je m'en fichais. C'était exactement ce que je voulais.

— C'est pour ça que ta femme est déprimée, me rendis-je compte à haute voix.

— Ouais.

— C'est pour ça que tu ne veux pas divorcer.

— Ouais.

Mon cœur saignait pour ces deux personnes détruites, brisées par la mort de leur petiote. Je ne pouvais rien imaginer de plus horrible.

Et maintenant je savais pourquoi Junior avait pu gérer ma douleur. Pourquoi il n'avait pas eu peur de mes larmes ni de mon chagrin lors de l'anniversaire de Jasper. Il avait traversé quelque chose de bien pire. Et il n'en était toujours pas ressorti.

Et juste au moment où je ne pensais pas pouvoir être plus choquée, sentir d'émotions plus profondes, Junior me dit d'un ton bourru :

— Je t'aime, Desiree.

— Junior, pleurai-je. Je ne voulais pas tomber amoureuse de toi. Mais tu rends ça si difficile.

Il m'éloigna doucement et me souleva le menton, un sourire triste sur le visage.

— C'est bon. Je ne te le demande pas. Je voulais simplement que tu comprennes. Pourquoi je ne pouvais pas... je ne peux pas.

Je hochai la tête, mais au contraire, cela renforçait ma résolution. Je croyais au libre arbitre, mais je croyais également en une puissance supérieure. Je croyais que je pouvais choisir de ne pas avoir de grossesse si je n'en voulais pas. Pas de dégâts. Cette âme trouverait un autre endroit où atterrir. Mais je croyais également que parfois ce qui arrivait était prédestiné. Les bébés peuvent être des bénédictions. À la fois pour la mère et le père. Et si les événements du jour provoquaient un miracle qui changeait nos vies pour le mieux ?

C'était possible.

Et j'étais prête à laisser les choses se faire.

J'agrippai le visage de Junior et me mis sur la pointe des pieds pour l'embrasser.

Et parce que je ne savais pas quoi dire d'autre, je l'embrassai encore. Puis je me retournai et allai prendre une douche.

Junior

Je n'arrivais pas à croire que je lui avais parlé de Mia.

Je n'arrivais pas à croire que je lui avais dit « je t'aime ».

Mais c'était la vérité. Et aucun autre mot n'exprimait ce que je ressentais à cet instant.

Desiree avait versé de vraies larmes pour la douleur que je ressentais. Je l'aimais tellement que ça m'en faisait mal.

Et pourtant ma douleur diminuait grâce à elle aussi. Parce que rien que de lui parler de Mia, partager cette souffrance, rendait ça un peu plus facile.

Ouais, ma blessure s'était rouverte, c'était sûr.

Mais cela avait également apaisé une partie de la pression.

J'écoutai le bruit de la douche qui coulait, et pensai simplement à Desiree en dessous. La femme la plus incroyable et le plus grand cœur de la planète.

Je ne la méritais pas.

Voilà pourquoi je n'allais pas l'entraîner dans ce scénario.

Elle était peut-être en train de tomber amoureuse de moi, mais elle ne le voulait pas. Il fallait que j'écoute ce qu'elle disait.

Mais rien n'allait m'empêcher de prendre soin d'elle. De m'assurer qu'elle retrouve son petit garçon et qu'elle ait droit à une fin heureuse, même si c'était sans moi.

J'enfilai un boxer et un débardeur avant d'aller voir comment allait Gio. Je fus soulagé de découvrir qu'il n'avait plus de fièvre. Il cligna des yeux et me regarda.

— Hé, *fratello*.

— Comment te sens-tu, Gio ?

— Bien. Mieux. Où est ta petite infirmière ?

— Sous la douche.

Gio hocha la tête.

— Tu vas la garder après tout ça, n'est-ce pas ?

Le poids auquel j'essayais de résister s'abattit sur moi.

— Ça n'arrivera pas. Occupe-toi de tes oignons.

— Sérieusement, Junior ? Elle est *géniale*.

Il insista sur « géniale », comme si j'avais pu rater à quel point elle était incroyable.

— Ouais, elle l'est. Et elle ne veut pas être mêlée à *Cosa nostra*. Alors je dois la laisser partir.

Gio me regarda fixement.

— *Fanculo.* Tu aimes vraiment cette meuf, n'est-ce pas ?

— Tais-toi, Gio, dis-je.

Mais il n'y avait pas de venin dans mes mots. Je me sentais seulement fatigué.

Fatigué et vaincu. Parce que la femme que j'aimais allait partir de la maison dans quelques jours.

Et il se pouvait que je ne la revoie jamais.

CHAPITRE TREIZE

Desiree

— Il y a un homme. Je sais qu'il y a un homme.

Ma collègue et amie Lucy me donna un coup de hanche. J'étais de retour au travail depuis deux jours, restant encore chez Junior le soir pour voir comment Gio allait. Et pour des rapports sexuels torrides.

J'avais retiré la perfusion de Gio, et il n'était qu'en mode repos et récupération... se redressant, regardant la télévision, mangeant et buvant normalement. Son rétablissement me semblait en bonne voie.

C'était étrange d'être de retour à l'hôpital... comme si j'étais partie pendant un mois plutôt que juste une semaine. Lucy me posait un million de questions sur mon mystérieux travail.

Parce que, ouais, je n'étais pas prête à ce que cet arrangement soit terminé.

— Comment le sais-tu ? demandai-je en riant.

— Je le vois bien. Tu as la mine de quelqu'un qui s'est

fraîchement envoyé en l'air. Comme si tu avais fait ton affaire. Et plus d'une fois.

Je souris.

— Sérieusement, ça se voit quand une femme commence à avoir des rapports sexuels réguliers. Sa peau devient plus éclatante, son humeur est plus légère. C'est le rejet de monoxyde d'azote.

— Ah vraiment ? fis-je en lui lançant un regard dubitatif.

— Fais des recherches. C'est vrai.

— O.K., oui, il y a un homme. Mais c'est une passade. Rien de permanent ni de sérieux, dis-je fermement, comme si je me forçais à y croire.

— Nous verrons, chantonna Lucy alors que la sonnette d'un patient résonnait et qu'elle filait.

Je souris derrière elle, me sentant toute chaude et radieuse alors que je n'aurais vraiment pas dû. Mais c'était amusant de venir au travail puis de rentrer « à la maison » auprès de Junior.

Me soumettre à ses exigences sexuelles sans retenue et tout recevoir en retour. Il insistait pour me déposer et venir me chercher au travail.

J'aurais dû le voir comme un despote, mais à la place je me sentais aimée.

Comme s'il ne pouvait pas supporter d'être loin de moi, serait-ce les trente minutes supplémentaires qu'il me faudrait pour conduire moi-même. Ou comme s'il était tellement protecteur qu'il ne voulait pas que je marche seule dans le parking. Il avait d'ailleurs formulé cette dernière éventualité, même si je lui avais dit que les seuls voyous qui m'avaient attendue dans le parking étaient les siens.

— Desiree.

Sa voix profonde interrompit mes pensées comme s'il était vraiment là.

Oh mince, il était vraiment là ! Et il me restait encore quatre heures de service.

—Junior, que fais-tu ici ?

Je jetai un coup d'œil autour de moi, espérant que ma cheffe ne soit pas dans le coin. Je n'avais pas besoin de me faire attraper pour ça, surtout après avoir été « malade » pendant toute une semaine.

Il avait l'air froid et sérieux. C'était l'expression qu'il affichait toujours avant, mais je l'avais oubliée au cours des derniers jours.

— Desiree, prends tes affaires, nous devons y aller.

Je fronçai les sourcils.

—Junior, je ne peux pas. Je travaille. Qu'y a-t-il ? C'est Gio ?

Son frère se portait tellement bien que j'aurais été étonnée d'apprendre qu'il avait fait une autre rechute.

Il secoua la tête.

— C'est Jasper. Je sais où il est. Viens, allons le chercher.

Mon cœur s'emballa.

— Oh mon Dieu, tu es sérieux ? Où ?

— En Indiana. Viens, nous pourrons y être à 17 heures si nous partons maintenant.

— Je reviens tout de suite, dis-je, filant déjà pour trouver ma cheffe.

Je savais qu'elle allait flipper avec mon absence, mais ça ne pouvait pas attendre. Au moins, elle était déjà au courant de mes problèmes personnels. Je fondis en larmes en le lui disant et elle me prit dans ses bras.

— Vas-y. Urgence personnelle. Je vais trouver quelqu'un pour te remplacer, dit-elle en me chassant. Ramène ce petit à la maison.

— Je le ferai, promis-je, pleurant toujours.

Je retournai en courant dans le couloir où Junior m'attendait et lui pris la main.

Puis mon cerveau se déconnecta en quelque sorte. Parce que je ne pouvais pas attendre pendant cinq heures que nous y arrivions. Et je ne pouvais penser à rien d'autre.

Heureusement, Junior sembla le comprendre. Il était totalement compétent dans cette situation. Il conduisit la Maserati comme si nous étions dans la Daytona 500[1] et nous fit sortir de l'Illinois.

~

Junior

L'ex de Desiree avait pris un boulot dans le bâtiment à Indianapolis avec le numéro de Sécurité sociale d'un autre gars. Je ne savais pas comment les privés l'avaient trouvé, mais ils avaient réussi. Jasper semblait aller bien… il était scolarisé à la maternelle. Il restait à la garderie. Il était déposé et récupéré régulièrement. Aucun signe de maltraitance.

Quel fichu soulagement.

Mais j'allais quand même tuer le *figlio di puttana* de père.

Non, pas tuer. Desiree ne voulait pas ça. Mais j'allais sérieusement lui donner une satanée leçon. Personne ne faisait souffrir quelqu'un à qui je tenais sans en subir de sérieuses conséquences.

Mon plan était d'arriver à l'école avant qu'on vienne chercher Jasper, mais nous avions été coincés dans la circulation en sortant de la ville, alors je ne pensais pas que nous y arriverions avant 17 heures.

En chemin, mon téléphone sonna. C'était Nico.

— Hé, petit frère.

— Pas petit, prétendit-il.

— Ce n'est pas ce que dit ta femme.

S'il avait parlé à un autre de nos frères, il lui aurait dit où il pouvait aller se faire voir, mais en tant qu'aîné j'avais toujours exigé le même respect de mes frères que celui qu'ils avaient pour notre père, alors il grogna simplement.

— Tu es sur haut-parleur et Desiree est dans la voiture, l'avertis-je, au cas où il allait parler business.

Nous étions prudents sur ce que nous disions au téléphone, de toute façon, mais ça valait la peine de l'en informer.

— Salut, Desiree.

— Salut, répondit-elle en se tournant vers moi pour chuchoter : C'est quel frère ?

— C'est Nico, lui dis-je.

— Ouais, Nico. Désolé. Je viens de parler à Gio. Il avait l'air bien.

— Oui, il semble qu'il va…

— Pas par téléphone, la coupai-je.

Elle referma la bouche d'un coup sec.

— C'est vrai.

— Qu'y a-t-il ? aboyai-je à Nico.

Ce n'était pas son genre d'appeler pour papoter.

— Écoute, j'ai, euh, quelques nouvelles.

— Quelles nouvelles ?

J'étais déjà ronchon. Je n'aimais pas les nouvelles. Ce n'était jamais bon. Et Nico semblait nerveux à l'idée de me les annoncer.

— Sondra et moi sommes, euh… Eh bien, elle est enceinte.

Mon estomac remonta sous mes côtes et se noua. Je ne pouvais pas respirer. C'étaient de bonnes nouvelles. Ce devait être de bonnes nouvelles qu'il m'annonçait.

Pourquoi avais-je l'impression d'avoir été frappé brutalement ?

— Ah ouais ? me forçai-je à dire. Félicitations. Combien de semaines ?

— Environ douze semaines.

— Douze semaines. Waouh, vous avez attendu pour l'annoncer, hein ?

— Ouais. Enfin, Stefano le savait, mais nous ne l'annonçons au reste de la famille que maintenant. Je ne sais pas si c'est dur pour toi…

— Ta gueule, Nico.

Je le coupai, en colère de sa suggestion, même si elle était en plein dans le mille. Peut-être parce qu'elle était en plein dans le mille.

— Embrasse ta femme pour moi. Sur la joue, bien sûr. Présente-lui toutes mes félicitations et dis-lui que j'ai hâte de rencontrer ma nouvelle nièce ou mon nouveau neveu, hein ?

— O.K., je le ferai.

Nico semblait soulagé. M'appeler stressait cet enfoiré. Je ne savais pas pourquoi ça m'énervait aussi. Comme si les gens s'attendaient à ce que j'implose à cause d'un nouveau bébé dans la famille.

Juste parce que j'avais perdu le seul enfant que cette famille avait. On aurait pu croire qu'avec mes cinq frères et sœurs, ma mère nagerait dans les petits-enfants, mais à sa grande tristesse, ce n'était pas le cas.

— *Congratulazioni*, Nico. Maman va être aux anges.

— Ouais, je sais. Tu veux le dire à papa ?

— Non, annonce-le-lui toi-même.

— Il est toujours énervé contre moi ?

— S'il était énervé, tu le saurais. Ne lui as-tu pas parlé depuis que tu t'es marié ?

L'année précédente, Nico avait défié l'ordre de notre

père d'épouser une fille de la famille Pachino selon un contrat censé lier les familles et les affaires. Ça avait été mon boulot de lui donner une leçon pour sa désobéissance.

Ce qui m'avait fermement maintenu dans la position du frère le plus détesté de tous.

— Non.

— Appelle-le. Tout est pardonné. Tu as payé le prix, et c'est réglé. Je suis désolé que tu ne le saches pas.

— Ouais, enfin, les choses se perdent en route entre vous deux parfois.

— Ouais, et tu tires sur la corde, *stronzo*. Tu as déjà reçu des excuses de ma part. Marque-le sur ton calendrier pour qu'on puisse se rappeler ce jour historique.

Un rire surpris échappa à Nico. Je faillis moi-même sourire. C'était inédit… moi, me moquant de moi-même.

Desiree me lança un coup d'œil et ses lèvres s'incurvèrent aussi. Son regard était doux et chaleureux, comme si elle savait tout ce que cette conversation signifiait pour moi et qu'elle m'envoyait son soutien. Cette femme, c'était quelque chose.

Lorsque Nico raccrocha, je tendis la main et lui serrai le genou en un remerciement muet.

Desiree

Mon estomac resta noué pendant tout le trajet, mes mains glacées. D'abord, je n'arrivais pas du tout à penser, mais alors que nous entrions dans Indianapolis, un million de pensées tourbillonnaient dans ma tête. L'anxiété principale sous-jacente était à peu près quelque chose du genre : « Et s'il n'était pas là ? Et si nous ne l'avions pas vraiment retrouvé ? Ou si nous ne pouvions pas l'emmener quand nous arriverions ? »

— J'espérais que nous arriverions avant que ton ex ne vienne chercher Jasper après le programme d'activités parascolaires à 17 heures, dit Junior.

J'inclinai la tête, repassant ses mots dans mon esprit, parce que mon cerveau ne fonctionnait pas correctement.

Il dut voir que je ne comprenais pas, parce qu'il expliqua :

— Je ne sais pas, je pensais que ça pourrait être plus facile pour lui si tu allais le chercher à la place de son père. Puis nous serions partis. Mais l'école ne l'aurait peut-être pas laissé s'en aller, dit Junior en secouant la tête. Ça va probablement être compliqué, quoi qu'il arrive.

Les yeux me piquèrent sous l'afflux de larmes de gratitude. Je n'arrivais pas à croire qu'il y avait autant réfléchi… les pensées qu'il avait pour Jasper. Junior donnait peut-être l'impression d'être une brute épaisse, mais il était bien plus que ça. Il était tout en nuances. Sophistiqué.

Je me rappelais qu'il avait glissé l'argent à la fille au café. Cela m'avait rendue jalouse – ce qui était stupide –, mais une partie de ma jalousie avait été provoquée par la considération et l'effort qu'il avait mis dans son geste.

Il s'arrêta devant une maison en briques.

— C'est là. C'est la camionnette d'Abe, dit-il en pointant du doigt une vieille Ford F150 garée devant nous. Abe loue le sous-sol.

Il gara la voiture et sortit un flingue d'un holster à côté de son siège.

Mon cerveau se remit enfin en route.

— Holà, holà, holà. Qu'est-ce que tu fais ?

Il marqua une pause mais haussa les sourcils comme s'il ne comprenait pas la question.

— Tu n'emportes pas de flingue là-dedans, dis-je en

pointant la maison du doigt. Mon enfant de six ans est à l'intérieur. Et Abe est son père.

Junior soupira.

— Pas de flingue, dis-je fermement.

De nouvelles inquiétudes s'abattirent soudain sur moi. Junior et Abe. Ça allait mal se passer. C'était une des raisons pour lesquelles il avait pensé qu'aller chercher Jasper à l'école aurait été mieux. Junior était un mâle dominant à cent pour cent, ce qui signifiait qu'il allait devoir pisser sur Abe.

Ce n'est pas qu'Abe ne le méritait pas, mais les choses pouvaient se compliquer, très vite. Et je n'avais pas besoin de complication. Je voulais simplement prendre mon fils et sortir de là.

J'avais envie de fondre en larmes ou de vomir alors que nous avancions sur le trottoir, puis descendions les marches vers la porte du sous-sol. L'expression de Junior était dure, son regard insensible. Un frisson parcourut mon échine.

— Peut-être que tu devrais attendre dans la voiture, lui dis-je quand nous arrivâmes devant la porte.

Il s'immobilisa, m'étudiant, puis recula d'un demi-pas et s'adossa contre le mur en briques.

— Je serai juste là, dit-il en croisant les bras sur son torse.

Sa position de garde du corps me rassurait. Je pris une profonde inspiration et frappai à la porte.

Abe fut suffisamment stupide pour ouvrir la porte en grand sans regarder d'abord par le judas. Quand il se remit de sa surprise de me voir là, il essaya de la refermer, mais je me ruai par l'embrasure de la porte. Il claqua la porte, qui me percuta à la tête et à l'épaule.

Ma vision s'obscurcit alors que la douleur explosait aux points d'impact.

Junior bougea brusquement comme un ange sombre et

vengeur. Je voyais encore des étoiles lorsqu'il ouvrit la porte d'un coup de pied comme si nous étions dans un film, me propulsant simultanément dans l'appartement du sous-sol.

— Maman ! cria Jasper, puis je ne vis vraiment plus rien, parce que ma vision devint floue derrière les larmes.

Jasper et moi pleurions tous les deux, nous étranglant mutuellement à force de nous étreindre. Il me fallut une minute pour me rendre compte que la situation avait dégénéré. Juste à quelques pas de nous, Junior se bagarrait avec Abe.

Non, c'était plutôt Junior qui cassait la figure à Abe. Le craquement d'un os en heurtant un autre fendit l'air et le corps d'Abe vola à côté de nous, s'écrasant contre la table basse avec un bruit sourd écœurant.

Jasper hurla.

Abe grogna, mais essaya de se lever.

Junior s'approcha d'un pas raide, le releva par la chemise et frappa son visage ensanglanté.

— *Junior.*

Junior m'ignora, frappant Abe encore et encore.

— Junior ! hurlai-je.

Je ne voulais pas que Jasper voie ça. Rien de tout ça.

Je ne voulais pas non plus le poser ni le quitter des yeux, même pendant une seconde. Plus jamais. Mais je devais arrêter Junior avant qu'il ne tue Abe.

Je hurlai encore son nom, puis entrai en contact avec lui en lui donnant un coup d'épaule, mon fils toujours dans mes bras.

Quand il me lança un coup d'œil, son expression me glaça les sangs. Il n'y avait rien. Pas la moindre lueur de vie. Il était froid. Mortel. Dangereux.

Mais il dut voir la peur sur mon visage, parce que le masque horrible se désintégra, puis il redevint le Junior que je connaissais. Ses sourcils s'abaissèrent, son front se plissa d'inquiétude.

Je me rendis compte que je pleurais toujours.

— Junior, non, suppliai-je. Arrête ça. Tout de suite.

Il regarda Abe, qui pouvait à peine bouger sur le sol, puis revint vers moi et son expression se troubla, comme s'il se rendait compte de ce qu'il avait fait.

— *Fanculo*, marmonna-t-il en se frottant la main sur le visage.

Ses articulations étaient gonflées et ensanglantées.

Abe ne semblait pas pouvoir se relever. Seigneur, Junior avait fait des dégâts. Et s'il avait pris le flingue ?

Quelque chose de glacé coula dans mes veines.

Je savais ce qui se serait passé.

Le père de mon fils serait mort maintenant.

À quel point m'étais-je éloignée de la réalité pour penser qu'emmener un mafieux violent avec moi lors de la mission la plus importante de ma vie finirait bien ? Et maintenant, comme si Jasper n'avait pas été suffisamment traumatisé par son kidnapping, il serait pour toujours marqué parce qu'il avait vu son père brutalement agressé par le petit ami de sa mère.

Ce n'était pas acceptable.

Dans aucun rêve ou réalité.

Je sortis mon téléphone de mon sac à main. Je devais prendre le contrôle de cette situation et faire ce qu'il fallait.

— J'appelle une ambulance, marmonnai-je.

— Arrête, m'avertit Junior.

— Tu n'as pas le droit de prendre cette décision, grondai-je vers lui.

La couleur quitta son visage. Il recula d'un pas et ses yeux redevinrent insensibles.

Je portai Jasper dans sa chambre pendant que je passai l'appel au 911 puis raccrochai et le posai sur ses pieds.

— Tu rentres à la maison avec maman maintenant. Tu m'as tellement manqué, Jasper.

Je tombai à genoux et le serrai de nouveau fort.

— Tu m'as manqué aussi, maman.

Sa petite voix me tuait. Elle était si douce, si précieuse à mes oreilles.

— Que veux-tu emporter ? Des jouets spéciaux ou des animaux en peluche ?

Il avait un oreiller préféré auquel il était terriblement attaché à la maison. J'avais pleuré dedans au moins une douzaine de fois, me demandant comment il dormait sans.

— Je vais emmener Mr Dragon, dit-il en ramassant une peluche arc-en-ciel.

— Autre chose ?

Il secoua la tête.

— Je veux juste rentrer à la maison.

Pouah. J'avais déménagé après que son père me l'avait enlevé parce que j'avais eu besoin d'un logement plus modeste pour me permettre d'engager un privé. Mais je n'allais pas dire ça à Jasper maintenant.

Je le pris de nouveau dans mes bras et le portai dans la salle de séjour alors qu'on entendait les sirènes approcher de la maison.

Junior se tenait devant la porte ouverte, attendant la nuée de flics et d'ambulanciers qui affluèrent dans le petit appartement.

Lorsque la seconde embrouille de la soirée arriva, je me rendis compte que j'avais probablement commis une énorme erreur.

Junior

Les flics me plaquèrent au sol et me menottèrent dès qu'ils arrivèrent, même si je n'opposai aucune résistance. Mais je m'étais attendu à ce genre de traitement. J'aurais simplement voulu que ni Desiree ni son petit garçon ne voient ça.

Cristo, j'avais merdé.

Sérieusement.

Je voulais déjà étrangler son *stronzo* d'ex pour ce qu'il lui avait fait subir en emmenant son petit garçon, mais quand je l'avais vu lui écraser la porte contre le visage, j'avais savouré l'idée de le tuer.

Mais pas devant elle. Pas devant son petit garçon. J'aurais dû reculer. Ou le traîner hors de l'appartement. Je ne sais pas, j'aurais dû faire quelque chose différemment.

Parce que maintenant j'étais sûr que j'avais perdu Desiree. L'horreur et la condamnation sur son visage rendaient ça évident.

— Eh bien, regarde ça, dit d'une voix traînante l'un des deux policiers de proximité qui s'étaient pointés. Le permis de conduire dit que c'est Santo Tacone, de Chicago. Vous ne seriez pas de la famille du Don Tacone qui se trouve dans une prison fédérale en ce moment, hein ?

Je ne répondis pas.

Cela me valut un rapide coup de pied dans les côtes. Bien. Les flics du coin voulaient être des héros et me donner une raclée, ils pouvaient y aller. Je le méritais probablement pour ce que je faisais traverser à Desiree.

Après quelques autres coups de pied douloureux, l'autre flic, qui interrogeait Desiree, lui dit d'un ton cassant :

— Qu'est-ce que tu fiches ?

— Il résistait à l'arrestation, dit le premier flic.

— Tu as une pièce pleine de témoins, ducon, dit-il.

Ce qui était vrai. Il y avait également trois ambulanciers, ainsi que Desiree et Jasper dans le minuscule appartement.

— Et sérieusement... je ne pense pas que tu veuilles chercher des noises à ce gars.

L'autre passa un bras sous le mien et m'aida à me relever.

— Est-ce que tu plaisantes ? Nous tenons Santo Tacone Junior pour quelque chose de solide. Coups et blessures. Impossible de ne pas en profiter autant que possible.

— Lâchez-le, cria Desiree furieuse. Il ne faisait que me protéger.

J'étais plus que soulagé qu'elle me défende, même si je n'étais pas suffisamment stupide pour penser que ça changeait quoi que ce soit. Clairement, elle n'avait pas vu ça venir. Elle n'avait pas été du mauvais côté de la loi toute sa vie, comme moi.

Le premier flic eut l'air perplexe.

— C'était de la légitime défense.

Le second flic m'enleva les menottes.

Je dus cacher ma stupéfaction. Mais ça pouvait être une interaction classique du Bon Flic et du Méchant Flic.

— Est-ce que tu te moques de moi ? Il a envoyé ce mec à l'hôpital, dit le Méchant Flic.

— Et alors, il a été un peu agressif. Je serais chaud aussi, si quelqu'un frappait ma petite amie et kidnappait son fils.

Je restai silencieux. Je savais qu'il valait mieux ne rien dire devant les forces de l'ordre.

Les ambulanciers sortirent Abe sur une civière. Le Bon Flic parla dans sa radio.

Le Méchant Flic plissa les yeux.

— Tu as peur de ce type. Attends... tu es de Chicago, n'est-ce pas ?

— J'ai grandi sur le territoire Tacone, ouais. Ce dont je

me souviens surtout, c'est qu'ils gardaient les rues sûres. Alors, non. Je ne fantasme pas sur l'idée d'arrêter un mec qui agissait en héros pour sa petite amie.

J'accordais toute mon attention au gars, maintenant, l'étudiant, regardant le nom sur sa plaque... John Badger.

— La quincaillerie Badger, dis-je, quand le nom me revint.

Une quincaillerie locale à Cicero, avant que Home Depot et Lowe's ne mettent les petites en faillite. En fait, ce magasin était encore là, une relique de l'ancien temps.

Le visage du Bon Flic se fendit d'un sourire.

— Ouais. C'est à mon oncle. Le magasin existe toujours.

— Ça, c'est sûr, répondis-je.

Le téléphone du Bon Flic sonna et il répondit, sortant dehors.

Le Méchant Flic me lança un regard noir.

Je restai immobile.

Desiree faisait les cent pas dans le minuscule appartement, tenant toujours Jasper dans ses bras, ramassant ses vêtements et ses jouets et les jetant dans un sac en plastique. De temps à autre, je l'entendais renifler, ce qui me fichait complètement en l'air.

Le gamin aussi avait l'air traumatisé. Il agrippait le coup de sa mère de toutes ses forces, le visage caché comme s'il ne voulait rien voir de ce qui se passait.

Le Bon Flic revint et s'adressa à Desiree.

— Très bien, j'ai la confirmation de votre histoire. Des dossiers de police dans le comté de Cook montrent que vous avez la garde exclusive de Jasper et que le père vous l'a enlevé. Vous êtes libre de le ramener chez vous.

— Merci, dit Desiree en jetant un coup d'œil dans ma direction sans tout à fait me regarder. Et pour lui ?

— Il est libre de partir aussi.

— Est-ce que tu es dingue ? gronda le Méchant Flic.

Le Bon Flic me tendit la main et je la serrai, soulagé que, pour une fois, ma famille et mon nom m'aient attiré de l'estime plutôt que de me la faire perdre.

Mon père avait bien fait certaines choses.

Il opérait selon un code éthique, juste à l'extérieur de la loi. Il avait créé sa propre loi.

Mais ce n'était pas une victoire, en aucun cas. Desiree se retourna et sortit sans jamais croiser mon regard et je savais, sans l'ombre d'un doute, que c'était fini entre nous.

---

1. NdT : Course automobile américaine très prestigieuse.

CHAPITRE QUATORZE

Desiree

Je dormis à l'arrière de la voiture de Junior, Jasper pelotonné sur mes genoux. Ce ne fut pas un sommeil paisible, c'était le genre que je choisissais quand je ne pouvais pas gérer mes pensées et que j'avais simplement besoin d'y échapper. J'aurais dû être euphorique d'avoir récupéré Jasper.
J'étais euphorique.
Ou j'étais sûre que je le serais le lendemain. Mais en cet instant, il y avait trop d'émotions mélangées.
Je me réveillai quand nous arrivâmes à Chicago, comme si mon corps était resté éveillé et avait su où j'étais depuis le début. Il était tard... presque 2 heures du matin. Le doux visage de Jasper reposait contre ma poitrine, et sa respiration était calme et légère.
— Junior, il faut que tu me ramènes chez moi, lui dis-je.
Jasper remua et je lui frottai l'arrière de la tête comme je le faisais quand il était bébé.

— Ouais.

Ce fut tout ce qu'il dit. La distance entre nous était aussi grande qu'un océan. Nous ne nous étions pas parlé pendant tout le trajet du retour.

Il me ramena à mon appartement et ouvrit la portière, tendant les bras vers Jasper pour le prendre dans ses bras alors que je descendais.

L'envie de reprendre mon bébé était forte, même si je savais que Junior ne lui voulait aucun mal. Peut-être que c'était parce qu'il semblait trop doué pour ça. Trop paternel. Trop familier.

Comme s'il le savait, il me le rendit à la seconde où je sortis et tendit le bras à l'intérieur pour prendre le sac en plastique avec les affaires de Jasper que j'avais rassemblées chez Abe.

— Junior.

Ma voix était étranglée et anormale.

— J'apprécie vraiment ce que tu as fait pour moi... en récupérant Jasper. Ça représente tout pour moi.

Je ravalai le nœud dans ma gorge. Les larmes me piquaient les yeux.

— Mais j'ai simplement besoin de rentrer chez moi avec lui maintenant. Alors c'est un au revoir.

Le visage de Junior affichait le même masque de marbre qu'il arborait depuis Indianapolis. Il ne changea pas. Il hocha simplement la tête et m'accompagna jusqu'au bâtiment. Il me prit les clés et ouvrit la porte du hall, puis nous ouvrit la voie dans les escaliers jusque chez moi et ouvrit cette porte aussi. Il posa les affaires de Jasper à l'intérieur, mais ne passa pas le seuil.

Puis il referma la porte.

Pas de contact ni de mot. Pas d'au revoir.

Rien.

C'était simplement... terminé.

Je ne sais pas ce que j'avais voulu, mais soudain, je sanglotais… le cœur brisé par le choix que j'avais fait.

Mais c'était le bon.

Le seul que je pouvais faire.

Mon monde – élever mon magnifique petit garçon – ne pouvait pas se mélanger avec celui de Junior. Plus jamais.

Jasper serait probablement toujours marqué par ce qu'il avait vu là-bas. Il n'oublierait jamais la nuit où j'étais venue le chercher et où mon « petit ami » avait failli tuer son père.

Si je voulais bien élever mon fils, je devais tourner le dos au charme puissant de Junior Tacone. Même s'il était mon héros personnel.

Je portai Jasper dans ma chambre et l'allongeai sur mon lit.

Mon bébé était revenu. Ce devait être suffisant.

Ce devait absolument être suffisant.

J'étais sûre qu'un jour ce vide, cette panique nauséeuse qui montait en moi disparaîtrait.

Junior

Laisser partir Desiree me donnait l'impression d'avoir passé ma tête à la moulinette. Tout mon corps se révoltait. Chaque kilomètre qui m'éloignait d'elle me faisait paniquer de plus en plus.

Mais je ne pouvais pas y retourner. Je n'essaierais pas de la convaincre de rester avec moi.

Ce serait irresponsable.

Quel que soit mon désir d'y retourner, de l'embarquer avec son petit garçon et de leur dire qu'ils emménageaient avec moi, fin de l'histoire, je ne pouvais pas.

Elle avait besoin que je sorte de sa vie.

Après mon comportement devant son enfant, je ne pouvais pas lui en vouloir. Je ne permettrais jamais que mon propre enfant voie une telle chose.

Et soudain, la douleur d'avoir perdu Mia était de nouveau tellement présente qu'elle remonta à la surface, se mélangea à la souffrance d'avoir quitté Desiree. Desiree et Jasper.

Parce que, oui, je tenais à ce petit garçon aussi. Il faisait partie de Desiree. Il était tout son monde. Je ferais n'importe quoi pour lui, tout comme pour elle.

Je rentrai à la maison et me noyai dans une bouteille de Scotch.

La laisser partir.

Je devais la laisser partir.

Même si ça me tuait.

— Tu vas ressortir un jour de ce bureau ?

Gio passa la tête dans mon antre, où j'étais assis depuis soixante-douze heures.

Je ne semblais pas pouvoir bouger.

Ni parler.

Ni faire quoi que ce soit.

Paolo avait appelé, il suivait une piste sur Vlad, et il m'avait demandé ce qu'il fallait faire s'il le trouvait. Il s'avérait que le gars était en Russie quand la rencontre au Milano s'était produite, alors je ne savais pas si Ivan agissait seul ou pas. Vlad venait seulement de revenir en ville pour découvrir que j'avais démantelé toute son entreprise.

L'ordre aurait dû être « tue-le ».

Ça semblait plutôt clair, n'est-ce pas ? Vlad avait

envoyé ses hommes pour me tuer, alors maintenant que j'avais tué ses hommes, je devais le traquer et le tuer.

Sauf qu'il me semblait ne pas pouvoir donner cet ordre.

Desiree n'aurait pas aimé ça.

Bon sang, même moi je n'aimais pas ça. Je n'avais aucune preuve que Vlad avait donné cet ordre. Et je n'avais aucune preuve que Vlad allait s'en prendre à moi, même si la logique disait qu'il le ferait. Je devais me tenir prêt pour une attaque. Je devais prendre l'offensive et l'éliminer.

Mais je ne le voulais pas.

Je ne voulais en fait rien faire.

— Tu as mangé ? Ou dormi ? demanda Gio.

Il avait quitté ma maison le jour où j'étais parti à Indianapolis, presque complètement rétabli. Maintenant il était passé sans y avoir été invité. Et sans frapper.

Ou peut-être qu'il avait frappé et que je l'avais simplement ignoré.

— Tu n'as sérieusement pas pris de douche, dit Gio en fronçant le nez.

Je voulais jouer à l'ancien Junior et me comporter en enfoiré pour qu'il s'en aille, mais c'était dur pour moi d'être une ordure avec lui. Je ne cessai de me rappeler ce que j'avais ressenti en pensant qu'il risquait de mourir. Ou peut-être que je ne voulais simplement plus être ce gars.

— Tu as déjà pensé à quitter le business ? demandai-je à Gio.

— Quoi ?

Il entra dans mon bureau et se laissa tomber dans un fauteuil en face de moi.

— Comme Nico et Stefano. Tu as déjà voulu partir ? Ou espéré qu'ils auraient besoin de toi là-bas ?

Gio resta silencieux assez longtemps pour que je connaisse la réponse.

— Pourquoi restes-tu ? demandai-je.

Gio haussa les épaules.

— Je ne vais pas t'abandonner ici pour que tu diriges les affaires tout seul. Ce n'est pas juste.

J'étais sidéré.

Un de mes frères s'inquiétait d'être juste *avec moi* ? Le plus gros enfoiré de la famille ? La seule chose que j'aie jamais faite, c'était de jouer les gros bras et d'exiger leur loyauté et leur obéissance absolues. Il y avait une hiérarchie ici, et je m'étais assuré qu'ils la suivaient.

Ma gorge se serra.

— Et quelqu'un doit rester ici pour diriger les affaires, dis-je d'une voix inexpressive, même si en fait c'était une question.

Y avait-il une chance que nous puissions fermer boutique ?

Raccrocher nos chapeaux et prendre notre retraite ? Ou passer à quelque chose de mieux... quoi que ce puisse être ?

Gio m'étudia pendant un autre long instant.

— C'est vrai ?

— Papa le pense.

— Ouais, acquiesça Gio en tripotant sa Rolex. Mais pourquoi ? Il va vouloir se la couler douce sur une plage avec maman quand il sortira. Il ne va pas vouloir récupérer son business.

— C'est son héritage.

— Le Bellissimo est son satané héritage. C'est son argent, son business – *notre* fichu business – qui l'ont lancé. Ouais, Nico était malin. Nico l'a bien rentabilisé. Il a fait un carton. Mais nous pouvons tous accrocher nos noms sur ce projet. Parce que c'est nous qui avons risqué nos fichues vies depuis l'instant où nous avons été assez grands pour apprendre à cogner et gagner cet argent. Nous avons abandonné nos âmes pour cet argent.

Il y avait de l'amertume dans la voix de Gio.

La même amertume que je ressentais. Du genre mêlée à une l'intense loyauté, alors elle se tournait vers l'intérieur et se transformait en honte et en ténèbres écrasantes.

Est-ce que je souhaiterais que mes propres frères aient mon destin ? Qu'ils restent dans ce business pour que je ne reste pas seul ?

Pas question.

J'avais failli perdre Gio à cause de cette stupide *Cosa Nostra*.

— Finissons-en.

Ma gorge s'asséha dès que je l'eus exprimé. La honte me submergea. Mais plus grande que la honte, que la peur de trahir mon père, arriva le soulagement.

Tellement de soulagement.

— Ouais ?

Gio semblait aussi stupéfait que moi.

— Ouais. À moins que Paolo ne soit pas d'accord. Nous rendrons ça unanime.

Gio se fendit d'un sourire.

— Je croyais qu'on n'était pas dans une saleté de démocratie.

Il me renvoya le refrain que j'utilisais toujours avant.

Je ne pouvais pas tout à fait lui rendre son sourire, mais j'essayai.

— Ça l'est maintenant.

— Et ensuite quoi ? demanda Gio en se levant.

Je haussai les épaules, sentant retomber le poids sur mes épaules.

—Je n'en ai aucune idée, bon sang.

— Si. Ensuite tu vas chercher cette meuf. C'est de ça qu'il s'agit, non ?

Ma poitrine se serra douloureusement. Il ne s'était pas écoulé une seconde depuis que j'avais quitté Desiree sans que je pense à elle. Sans que je me demande comment elle allait. Comment elle se sentait d'avoir retrouvé son petit garçon. Si elle portait mon enfant en cet instant.

Je secouai lentement la tête.

— Junior. Ne foire pas. Ou si tu l'as déjà fait, tu ferais bien de te désembrouiller. Cette meuf te rendait heureux. Tu ferais mieux de faire ce qu'il faut pour trouver une solution.

Je fixai Gio, n'osant pas écouter son conseil.

— Mais... et si mon bonheur se faisait aux dépens du sien ?

Gio grimaça un peu en se levant, recouvrant sa blessure de sa main.

— Assure-toi que ça ne sera pas le cas.

Il me laissa avec du grain à moudre et me fit un signe de la main.

M'assurer que ça ne serait pas le cas. Le pouvais-je ?

Qu'est-ce qui assurerait le bonheur de Desiree ? Abandonner le business... j'étais en train de m'en occuper.

Divorcer de Marne... il était grand temps. Je décrochai le téléphone et appelai mon avocat pour préparer les papiers. Je lui donnerais la moitié de tout. Elle serait plus à l'aise financièrement qu'elle ne l'avait jamais été, mariée ou séparée de moi.

Desiree

Junior Tacone était un *stalker*.

Cela faisait trois semaines depuis qu'il m'avait déposée à mon appartement. Trois semaines à refaire connaissance avec mon fils, à l'aimer, à jouer avec lui, à m'imprégner de chaque seconde en sa présence. Et à effectuer mes trois services de douze heures qui finissaient à 19 heures.

Et chaque soir quand je sortais pour rejoindre ma voiture, la Maserati noire de Junior était garée quelque part aux alentours. Le premier soir, j'avais fait semblant de ne pas le voir. Je m'étais vraiment attendue à ce qu'il sorte et me coince contre ma voiture, mais il ne l'avait pas fait. Il ne s'était rien passé. J'étais montée dans ma voiture et j'étais partie, vérifiant dans le rétroviseur pour voir s'il me suivait.

Cela n'avait pas été le cas.

Le deuxième soir, j'étais allée droit à sa voiture.

— Qu'est-ce que tu fais ici ? lui avais-je demandé quand il avait baissé la vitre.

— Je m'assure que tu arrives bien en toute sécurité jusqu'à ta voiture. Je n'aime pas que tu marches ici seule le soir.

J'avais posé les mains sur mes hanches.

— Ouais, j'ai eu des problèmes dans ce parking une fois.

J'avais regardé sa mâchoire se tendre et son expression devenir inquiétante.

— Oh attends, c'étaient tes gars, n'est-ce pas ?

Il s'était renfoncé sur son siège.

— Eh bien, ton ex pourrait se pointer n'importe quand. Je ne suis pas là pour me mêler de ta vie. Je m'assure seulement que tu as des renforts si tu en as besoin.

Je l'avais regardé fixement, stupéfaite. Bon, s'il voulait jouer les gardes du corps, je le laisserais faire. Je m'étais dit qu'il s'en fatiguerait bientôt. Ou qu'il reviendrait sur sa promesse de ne pas s'en mêler.

Mais rien de tout cela ne s'était encore produit.

Et désormais, je savais avec certitude que je portais son enfant. J'avais fait faire une analyse de sang ce jour-là à l'hôpital.

Quand Junior le découvrirait, il allait prendre possession de moi, tout comme il avait laissé sa marque sur sa femme. Je ne me berçais pas un instant de l'illusion qu'il resterait indifférent ou en retrait.

Et comme sa femme, je n'étais pas sûre d'avoir les ressources ou le cran de le repousser.

Je l'ignorai lorsque je passais, comme je le faisais tous les soirs. Et comme à chaque fois, il ne fit aucune tentative pour me parler ou attirer mon attention.

Je montai dans ma voiture et m'éloignai, luttant contre l'envie de faire demi-tour. De lui dire pour le bébé.

Son bébé.

Notre bébé.

S'il continuait à jouer les *stalkers* comme ça, il le découvrirait bien assez tôt. Or je doutai d'être assez forte pour le garder éloigné quand ça arriverait.

Et cette pensée aurait dû être effrayante, pas rassurante.

CHAPITRE QUINZE

Desiree

Une autre vague de nausée me frappa et je vomis mon petit déjeuner dans les toilettes.

Treize semaines.

Avec un peu de chance, d'ici la fin de la semaine suivante, j'aurais dépassé la phase des nausées matinales.

— Maman, ça va ? demanda mon doux Jasper depuis la porte.

— Ouais, lui répondis-je joyeusement en m'aspergeant le visage d'eau et en me rinçant la bouche.

— Tu as besoin de quelqu'un ici pour prendre soin de toi.

Je me retournai, surprise par cette observation.

— Tu es là, non ?

— Je veux dire un homme. Où est ton petit copain ?

Je m'immobilisai.

— Quel petit copain ?

— Le monsieur qui était avec toi quand tu es venue me chercher chez papa.

C'était la première fois que Jasper mentionnait Junior. J'étais sûre d'avoir foiré en tant que mère, mais je n'avais jamais abordé ce qui s'était passé cette nuit-là. Je me sentais trop émotive après m'être séparée de Junior et je suppose que je ne savais pas quoi dire à Jasper pour le débarrasser du traumatisme de ce qu'il avait vu.

— Il prendrait soin de toi, maman. Il nous protégerait.

Mon cœur commença à marteler.

— Protégerait de quoi ?

Ma voix se brisa.

— De papa. Ou des mauvaises choses. Je pense qu'il veut nous aider.

— Jasper... comment le sais-tu ? Qu'est-ce qui te fait dire ça ?

Jasper haussa les épaules.

— Je le sais, c'est tout. Il serait un bon papa pour moi.

Les larmes se mirent à couler avant même que je ne me rende compte que je pleurais. Je n'avais aucune idée de ce qui avait incité Jasper à dire ces choses.

Il passa les bras autour de ma taille et m'étreignit.

— C'est bon, maman. Tu n'as plus besoin d'être triste.

— Tu n'as pas peur de Junior ? Après ce qu'il a fait à ton papa ?

Jasper secoua la tête.

— Non.

Juste *non*. Pas d'autre explication de son point de vue sur la situation. Je n'avais toujours pas découvert grand-chose sur le séjour de Jasper avec son père. Je ne pensais pas qu'il avait été maltraité, mais il semblait vraiment soulagé d'être de nouveau avec moi. Les premières semaines, il n'avait pas cessé de me demander si son père reviendrait le chercher. Je lui avais promis que non, même si je n'étais pas sûre de façon dont je tiendrais cette promesse. Pour l'instant, il était en prison, et risquait un an d'emprisonnement pour avoir enlevé Jasper. Mais après ça ? Qui savait ce qui se passerait.

Je pris une inspiration tremblante.

— Alors tu penses que je devrais laisser Junior redevenir mon petit copain ?

Ma voix hésita sur les mots. Je ne m'étais pas rendu compte que j'en avais autant envie avant de les prononcer à haute voix.

— Absolument, dit Jasper.

Absolument. Waouh. D'accord.

Junior

J'attendis que Desiree apparaisse dans le parking. Elle s'était garée à sa place habituelle, et j'étais à la mienne... juste en face de sa voiture.

Il y avait quelque chose de différent chez elle ce jour-là. La vulnérabilité brillait sur son visage. Elle me jeta un regard, comme elle le faisait toujours, mais cette fois elle le prolongea en continuant à marcher, droit vers ma voiture. J'abaissai la vitre, mais elle passa tout droit sans rien dire. Puis elle ouvrit la portière passager et grimpa.

Tout mon corps s'éveilla en se retrouvant si près d'elle. Je voulais tendre ma main, toucher sa peau, goûter ses lèvres, mais je fis appel à la retenue à laquelle je m'entraînais depuis ces derniers mois. Récupérer Desiree allait prendre du temps. Je devais mettre de l'ordre dans ma vie, prouver que je pouvais être l'homme qu'elle avait besoin que je sois.

Et je m'en approchais.

— Hé, dit-elle doucement.

Elle portait toujours la bague que je lui avais offerte.

Elle ne l'avait jamais retirée. J'essayais de ne pas trop interpréter ça.

Bon sang, je ne pouvais plus résister. Je tendis la main vers la sienne et la pris.

— Hé, répondis-je.

— Junior... je suis enceinte.

Je serrai sa main, la portant à mes lèvres pour l'embrasser.

— Je sais, bébé.

Ses yeux marron s'écarquillèrent.

— Tu sais ?

— Ouais, poupée. Et crois-moi, ça m'a demandé beaucoup de volonté pour ne pas foncer chez toi, emballer toutes vos affaires et vous faire emménager avec Jasper chez moi à la seconde où je l'ai compris.

Des larmes brillaient dans ses yeux et je me raidis, ne sachant pas ce qui les provoquait.

— Pourquoi ne l'as-tu pas fait ? demanda-t-elle d'une voix rauque.

Je pris sa joue dans ma paume.

— Voulais-tu que je le fasse ?

Elle secoua la tête et une larme coula sur sa joue.

— Non, pas vraiment.

J'essayai de déchiffrer cette réponse.

— Écoute, poupée. J'ai des choses à te dire.

— Ouais ? demanda-t-elle en levant ses cils humides pour regarder mon visage.

— Mes frères et moi, nous avons discuté et nous fermons le business familial... nous prenons notre retraite. Plus de danger. Plus d'activités illégales. Et j'ai divorcé. C'est devenu définitif cette semaine.

Elle déglutit.

— E-est-ce pour moi ?

— Pour toi. Rien que pour toi. Totalement pour toi.

Desiree, tu m'as tellement manqué, bon sang. Je te veux dans ma vie. Je veux trouver comment nous pouvons faire en sorte que ça marche. Parce que, bébé, tu m'as changé. Je suis un homme différent de celui que j'étais avant que tu n'entres chez moi. Dans mon cœur. C'est comme si je vivais ma vie en noir et blanc avant de te rencontrer. Puis tu m'as montré le technicolor. Et depuis que tu es partie… je n'ai plus du tout de vie. J'ai simplement travaillé pour me rendre digne de toi. Je veux que tu saches que, si tu me laisses entrer dans ta vie, je ne vous montrerai plus jamais mon côté violent, à toi ou à Jasper. Je ne le laisserai jamais voir un flingue. Ni ne lui apprendrai à se battre… à moins que tu le veuilles. Je vais prendre soin de vous deux… et de notre petit nouveau, bien sûr. J'ai plein d'argent. Tu n'auras pas à travailler. Tu pourras rester à la maison avec les enfants, si tu veux. Ou je resterai à la maison avec les enfants. Parce que je n'ai pas encore trouvé ce que j'allais faire.

Desiree laissa échapper un rire à travers ses pleurs.

— Est-ce un oui ?

— Ça dépend… à quoi est-ce que je dis oui ?

Je haussai les épaules, effrayé de dire ce qu'il ne fallait pas. Je voulais tout demander … emménager ensemble. Nous marier. Et tout le reste.

— À moi ?

Elle sourit à travers ses larmes.

— Oui.

Pendant une bonne seconde, je n'arrivai pas à en croire mes oreilles.

— Oui, tu veux être avec moi ?

Elle hocha joyeusement la tête.

— Oui, Junior. Jasper aussi. Il me l'a dit ce matin.

Je retombai contre le siège après cette leçon d'humilité. J'étais submergé.

— Eh bien ? demanda Desiree.

Je haussai les sourcils, pas sûr de ce qu'elle voulait.

— Tu ne vas pas m'embrasser ?

La tête tournant de soulagement, rendu fou de désir, je bondis et capturai son visage entre mes mains, l'attirant vers moi. Mes lèvres descendirent sur les siennes, se déplaçant et se moulant sur elles, les mordillant. Ma langue glissa entre ses lèvres puis, tous les deux effrénés, nous nous dévorâmes de baisers.

— Je t'aime, Junior, chuchota Desiree quand nous nous séparâmes.

— Je t'aime encore plus, poupée.

ÉPILOGUE

Desiree

Un rire strident sortit de la chambre de Jasper. Je souris et ravalai ma réprimande sur l'heure du coucher qui n'était pas le moment pour des chatouilles. Junior était avec mon fils – notre fils – à lui lire *Bonne nuit, petit dinosaure*, ce qui avait dû se transformer en déferlement de chatouilles.

Mon bébé donna un coup de pied et je me frottai le ventre alors que je glissais ma cuillère dans le pot de Ben & Jerry's que Junior gardait toujours en stock pour moi. Plus que quelques semaines avant que nous ne puissions faire la connaissance de notre bébé... un autre petit garçon.

Je pensai que Junior était soulagé de ne pas avoir une fille... impossible de le comparer avec son petit ange perdu. Même si j'étais sûre qu'il aurait aimé une fille de tout son cœur aussi. Il était incroyable avec Jasper, qui semblait déjà l'aimer autant que moi.

— Très bien, il est prêt pour ses bisous de bonne nuit, dit Junior, apparaissant dans l'embrasure de la porte.

Son visage était ouvert et vivant... tellement différent de ce dont il avait eu l'air quand je l'avais rencontré. L'impression sous-jacente de violence avait disparu ainsi que sa réserve. Alors que je passais à côté de lui, il m'arrêta pour m'embrasser et je levai la main vers son cou, me laissant aller contre lui.

— On se retrouve dans la chambre, gronda Junior. Une autre punition t'attend.

Mon intimité se resserra. Comme si les hormones de grossesse ne me rendaient pas suffisamment excitée, Junior faisait presque de chaque nuit une nouvelle aventure dans la chambre. Je pouvais à peine le regarder sans mouiller ces temps-ci. Même si je devais l'avouer, avec ma silhouette actuelle, cela devenait de plus en plus difficile de trouver de nouvelles positions.

Je donnai à Jasper son « bisou de bon lit » comme il l'appelait, et allai à l'étage. Comme Junior n'était pas encore là, j'allai prendre une douche. J'essayai de résister – vraiment –, mais rien que de penser à toutes les choses obscènes que Junior ferait et me dirait quand il me rejoindrait m'envoya à trois caresses de l'orgasme. Je réglai l'eau pour qu'elle soit tiède et appuyai mon front contre la faïence fraîche, m'explorant entre les jambes d'une main. Mes replis étaient plus qu'humides... comme toujours ces temps-ci. J'agaçai mon clitoris et gémis.

Junior se racla la gorge de l'autre côté de la porte de la douche et je criai. Il se mit à rire alors qu'il ouvrait la porte vitrée et entrait, nu.

— Ai-je dit que tu pouvais te masturber ?

Je gémis, parce qu'il m'était impossible de retirer ma main à ce moment-là... c'était trop bon et j'étais sur le point de jouir.

— Vilaine fille.

Il empoigna mes cheveux humides et me tira la tête en arrière, déposant un baiser dans le creux de mon cou. Son autre main s'enroula au-dessus de la mienne et ses doigts me pénétrèrent en poussant les miens à l'intérieur avec les siens.

Ce fut tout ce qu'il me fallut. Je tressaillis alors qu'un orgasme me traversait, puis ma vision s'obscurcit et je vis des étoiles parce que je faillis m'évanouir. Le volume sanguin accru provenant de la grossesse avait ses inconvénients, c'était sûr.

Ça n'avait pas d'importance, parce que Junior ne me laisserait jamais tomber. Ses paumes caressaient mon corps amoureusement, explorant chaque centimètre, me donnant tellement par cette simple caresse. Je savais que ce plaisir sensuel faisait aussi partie de la grossesse. Chaque extrémité nerveuse était prête et sensible. Je ne pouvais pas supporter beaucoup la fessée ou quoi que ce soit de brutal... Junior devait se débrouiller pour faire presque semblant pour nos jeux de contrainte.

Ma punition de ce soir-là, c'était parce que je n'avais pas dépensé assez d'argent. J'avais gardé mon travail à l'hôpital... je lui avais dit que je voulais travailler au moins jusqu'à l'arrivée du bébé. Il m'avait donné une carte de crédit quand j'avais emménagé, mais je ne l'utilisais jamais. Je ne sais pas... je n'aimais pas dépenser son argent, je me sentais coupable et dépensière. Je préférais qu'il le dépense pour moi. Alors il trouvait des jeux, comme il l'avait fait le premier jour où il m'avait emmenée faire du shopping. J'avais une durée limitée pendant laquelle je devais dépenser un certain montant, sinon j'étais punie.

C'était tellement sexy. Ça m'évitait de me tracasser d'être dépensière. En fait, j'étais tenue de l'être. Et je me sentais pourrie gâtée à la fin. De plus, souvent, je ne réussissais pas complètement le défi, pour qu'il y ait de l'amusement dans la chambre ensuite.

Ce jour-là j'avais réussi à dépenser deux mille cinq cents dollars, surtout dans des cadeaux pour Jasper et ma mère, mais j'étais censée en dépenser trois mille.

Junior arrêta l'eau.

— Je vais te faire payer pour cet orgasme, bébé.

— Ah ouais ?

J'avais encore la tête qui tournait de désir après mon orgasme.

— Comment ? demandai-je.

— Tu vas jouir toute la nuit, mon ange. Pas de repos pour les braves. Je vais te baiser jusqu'à ce que tu en pleures.

Je me mis à rire, parce que j'allais probablement pleurer… il ne me fallait pas grand-chose ces temps-ci, et il l'avait déjà fait. Et ça me paraissait merveilleux. Parfait, en fait.

Je le laissai me sécher et me tenir la main alors que je sortais de la douche. Il me traitait comme si j'étais l'objet le plus précieux de la terre, et certains jours j'arrivais à peine à croire que c'était réel. Il me mena dans la chambre.

— Penche-toi en avant pour ta fessée.

Je geignis à l'avance, parce qu'il ne fallait presque rien ces temps-ci pour me faire glapir. Je posai les avant-bras sur le matelas pour faire de la place à mon ventre, et lui présenter mes fesses.

À la place, il me caressa de sa large paume, avec des mouvements circulaires.

— Tu ne veux pas de fessée ce soir, n'est-ce pas, mon ange ?

Je secouai la tête.

Il laissa traîner un doigt sur la raie de mes fesses, sur mon anus.

— Je vais devoir te punir autrement, alors.

Il s'éloigna de moi pour ouvrir le tiroir de la commode, où il gardait nos sex-toys. Quand il revint, il laissa tomber un vibromasseur, un plug anal et du lubrifiant près de moi sur le lit. Je laissai échapper un gémissement lascif rien qu'à la pensée qu'il les utilise sur moi.

Il me donna une petite tape sur le derrière, puis me frotta entre les jambes. Même si je venais d'avoir un orgasme dans la douche, j'étais prête pour en avoir plus… cela semblait être mon état perpétuel. Junior écarta mes fesses et déposa une dose de lubrifiant sur mon orifice. Quand il amena l'extrémité du plug anal contre l'anneau étroit de muscles, je gémis de plaisir.

Ma peur du sexe par la porte dérobée avait disparu. Junior m'avait initiée à tout un monde de pénétrations anales, et il m'avait totalement convertie désormais. Il me taquina avec le plug, le faisant pénétrer de quelques centimètres avant de le retirer. Mon intimité frissonna d'anticipation, de plaisir.

— Junior, gémis-je.

— Commence à supplier, bébé. Laisse-moi t'entendre.

Je remuai la main sous mes hanches, j'avais besoin de stimulation. Junior me frappa sur le cul.

— Ai-je dit que tu pouvais te toucher ?

— S'il te plaît, Junior. Je meurs d'excitation. J'en ai vraiment besoin.

Il ne me fit pas souffrir. J'entendis le vibromasseur se mettre à ronronner, puis il le glissa entre mes jambes.

— Amuse-toi avec ça, poupée. Et fais ça bien. Je veux que cette chatte dégouline pour moi.

J'attrapai le vibromasseur et m'activai entre mes jambes, mes propres « hum » de satisfaction assortis à son ronronnement. Junior étira largement mon orifice avec le plug, fit une douzaine de va-et-vient avec, avant de finalement le laisser complètement en place.

Juste au moment où j'allais atteindre de nouveau le sommet, il m'arracha le vibromasseur. Je criai de protestation, mais il glissa en moi et mon corps fêta ça.

Oh que oui.

C'était exactement ce dont j'avais besoin. Je frissonnai de plaisir, faisant sortir des sons dingues de ma gorge. J'étais doublement remplie – le plug anal étirait mon orifice pendant que Junior emplissait et se retirait de mon intimité. Tout était tellement magnifique, tellement écrasant. Je suppliai et implorai... quoi, je ne savais pas. Sa pitié. Un orgasme. Qui savait ? Je ne comprenais même pas mes propres paroles. Je babillai probablement, délirant de plaisir, même s'il commençait à peine.

— Junior, Junior, oh ! s'il te plaît. C'est tellement bon. J'ai besoin de toi. Oh ! s'il te plaît. Encore. Encore. Oh, s'il te plaît, finis-moi ! S'il te plaît, finis-moi tout de suite...

C'était gênant, ce qui sortait de ma bouche. Heureusement, Junior pensait que c'était sexy. Il agrippa mes hanches et me pilonna. Chaque fois que son aine touchait mes fesses, il poussait le plug plus profondément. C'était beaucoup trop et en même temps pas assez. Je ne pouvais pas le prendre assez profondément, en avoir assez de lui. Les sensations se déversaient sur moi en vagues de plaisir, d'excitation renforcée.

La respiration de Junior devint irrégulière. Il jura en italien... ou peut-être qu'il me complimentait, je n'arrivais pas à faire la différence, puis il s'enfonça profondément en moi.

Je jouis au même instant que lui, mon sexe se serrant autour de sa verge, le trayant pour mieux recevoir son sperme.

Je flottais, le corps rougi et cotonneux.

— Je t'ai acheté un cadeau, dit Junior quelque part dans l'atmosphère.

Il passa le bras sous mes jambes, les souleva pour les poser sur le lit et il se plaça contre moi.

— Hum, fut tout ce que je pus dire.

Il retira le plug anal et revint avec un gant, qu'il utilisa pour me faire un brin de toilette. J'émis un petit ronronnement.

— Je t'ai acheté un diamant, dit-il en soulevant un minuscule écrin à bijoux. J'espère que ce n'est pas trop tôt.

Si je n'avais pas été enceinte, tout ça aurait été trop tôt. Mais à l'instant où j'avais décidé de donner une autre chance à Junior, j'avais été à fond dedans. Nous l'étions tous les deux.

J'avais emménagé avec lui, il s'était fait un devoir de me rendre heureuse.

Je me redressai pour m'asseoir et essayer d'attraper l'écrin, mais il la maintenait hors de ma portée.

— Dis-moi d'abord si c'est trop tôt. Je peux ranger ça et réessayer plus tard.

Je ricanai.

— Sérieusement ? Tu as peur que je t'envoie sur les roses ? Après m'avoir donné le meilleur orgasme de ma vie ?

Il souriait, mais semblait toujours incertain.

— Donne-moi ma bague de fiançailles, dis-je doucement. Je la veux.

Il ouvrit la boîte. Elle était énorme, ce qui n'était pas surprenant. Junior adorait me gâter et il était probablement important pour lui que sa femme ait la plus grosse bague. C'était un mâle dominant après tout.

C'était une bonne chose que j'aime les bagues avec des diamants énormes. Je glissai la beauté taillée en émeraude à mon annulaire et lui souris radieusement.

— Alors c'est un oui ? Tu veux que je te fasse ma demande en bonne et due forme ?

— C'est un oui. En ce qui me concerne, tu m'as fait ta demande ce jour-là dans la voiture. Mais ne te gêne pas, je veux tout.

Junior mit un genou à terre et leva l'écrin.

— Desiree.

Je fus surprise d'entendre à quel point sa voix était rauque.

— Je veux être ton homme. Je veux que tu vives avec moi. Que tu sois dans mon lit. Dans ma vie. Pour toujours. Je veux être le gars qui te fait hurler. Qui te protège. Qui te traite comme une princesse. Je veux devenir ton mari, Desiree. Veux-tu m'épouser ?

Des larmes m'emplirent les yeux et je me couvris la bouche pour retenir un sanglot.

— Oui, acquiesçai-je.

Je tendis les mains vers les siennes pour qu'il se relève, pour me rapprocher de lui. Et le toucher.

— Quand tu voudras te marier, je suis partant. Mais pas de pression. Je suis heureux que tu portes ma bague.

— Demain, lui dis-je.

— Quoi ?

— Allons-y demain. Nous pouvons nous enfuir, m'écriai-je. Je sais… Allons à Las Vegas ! J'ai entendu dire qu'il y a ce casino vraiment cool là-bas…

— Tu veux te marier demain à Las Vegas ? fit Junior avec un sourire qui lui dévorait le visage. Bébé, c'est tellement facile. Tu es sûre ? Tu ne veux pas un grand mariage chic ? Enfin, mince, tu peux avoir les deux. Quoi que tu veuilles, c'est à toi.

Je l'attirai sur le lit avec moi. Il m'était difficile de lui faire de la place, avec mon gros ventre, mais nous nous couchâmes, nez contre nez, sa main sur ma hanche.

— Je te veux toi, Junior, lui dis-je.

Il passa le pouce sur ma joue.

— Tu m'as déjà, mon ange. Pour toujours.

***

Pour profiter d'une scène bonus gratuite, *Un mariage en vue pour Corey et Stefano*, **cliquez-ici et inscrivez-vous à ma newsletter:**
https://www.subscribepage.com/reneerosefr

Merci d'avoir lu *Joker Mortel*. Je vous suis tellement reconnaissante ! S'il vous a plu, j'apprécierais vraiment vos commentaires. Ils font une énorme différence pour des auteurs indépendants comme moi. Assurez-vous bien d'être inscrit à ma newsletter pour vous tenir au courant de la sortie de , l'histoire de Vlad e Alessia.

LIVRE GRATUIT DE RENEE ROSE

Abonnez-vous à la newsletter de Renee

Abonnez-vous à la newsletter de Renee pour recevoir livre gratuit, des scènes bonus gratuites et pour être averti·e de ses nouvelles parutions !

LIVRE GRATUIT DE RENEE ROSE

https://BookHip.com/QQAPBW

VOULOIR PLUS?

Dame de trèfle

Désolé, *Printsessa*, la liberté n'est pas au programme pour toi.
Tu m'appartiens maintenant.

Je suis venu pour me venger.

La Famille Tacone a rayé de la carte la mafiya de Chicago.

Ma bratva. Ma famille.

Alors, j'ai capturé leur petite sœur.

Maintenant que je la détiens, je n'ai aucune envie de la libérer.

Je préfère la garder pour toujours... ma fiancée captive.

Ils paieront une dot au lieu d'une rançon.

En fin de compte, la fille et sa fortune seront à moi.

Parce que je ne leur rendrai jamais leur reine de trèfle.

Note : Cette romance dark sulfureuse est le sixième tome des Nuits de Vegas, série sur fond de mafia par Renee Rose, auteure de best-sellers au classement du USA Today. Ce roman ne se termine pas sur un suspense et n'aborde pas le thème de l'infidélité.

OUVRAGES DE RENEE ROSE PARUS EN FRANÇAIS

www.reneeroseromance.com/francaise/

Les Nuits de Vegas
Roi de carreau
Atout cœur
Valet de pique
As de cœur
Joker Mortel
Dame de trèfle

La Bratva de Chicago
Prélude
Le Directeur
Le Stratège

Alpha Bad Boys
La Tentation de l'Alpha
Le Danger de l'Alpha
Le Trophée de l'Alpha
Le Défi de l'Alpha

L'Obsession de l'Alpha
L'Amour dans l'ascenseur (Histoire bonus de La Tentation de l'Alpha)
Le Désir de l'Alpha
La Guerre de l'Alpha

Le Ranch des Loups
Brut
Fauve
Féral
Sauvage
Féroce
Impitoyable
Indomptée (libre)

Maîtres Zandiens
Son Esclave Humaine
Sa Prisonnière Humaine
Le Dressage de Son Humaine
Sa Rebelle Humaine
Sa Vassale Humaine

À PROPOS DE RENEE ROSE

RENEE ROSE, AUTEURE DE BEST-SELLERS D'APRÈS USA TODAY, adore les héros alpha dominants qui ne mâchent pas leurs mots ! Elle a vendu plus d'un million d'exemplaires de romans d'amour torrides, plus ou moins coquins (surtout plus). Ses livres ont figuré dans les catégories « Happily Ever After » et « Popsugar » de USA Today. Nommée *Meilleur nouvel auteur érotique* par Eroticon USA en 2013, elle a aussi remporté le prix d'*Auteur favori de science-fiction et d'anthologie* de Spunky and Sassy, e celui de *Meilleur roman historique* de The Romance Reviews. Elle a fait partie de la liste des meilleures ventes de USA Today sept fois avec ses livres Wolf Ranch et plusieurs anthologies.

Abonnez-vous à la newsletter de Renee pour recevoir des scènes bonus gratuites et pour être averti·e de ses nouvelles parutions!
https://www.subscribepage.com/reneerosefr

Printed in Poland
by Amazon Fulfillment
Poland Sp. z o.o., Wrocław

32707642R00141